ESPOSA A LA FUERZA

SARA CRAVEN

Editado por Harlequin Ibérica.
Una división de HarperCollins Ibérica, S.A.
Núñez de Balboa, 56
28001 Madrid

© 2006 Sara Craven
© 2016 Harlequin Ibérica, una división de HarperCollins Ibérica, S.A.
Esposa a la fuerza, n.º 2502 - 2.11.16
Título original: The Forced Bride
Publicada originalmente por Mills & Boon®, Ltd., Londres.
Este título fue publicado originalmente en español en 2007

I.S.B.N.: 978-84-687-8510-3
Depósito legal: M-28254-2016
Impresión en CPI (Barcelona)
Fecha impresion para Argentina: 1.5.17
Distribuidor exclusivo para España: LOGISTA
Distribuidores para México: CODIPLYRSA y Despacho Flores
Distribuidores para Argentina: Interior, DGP, S.A. Alvarado 2118.
Cap. Fed./Buenos Aires y Gran Buenos Aires, VACCARO HNOS.

Capítulo 1

NO.

Emily habló con frialdad, pero sus ojos verdes centellearon.

–Un divorcio no. Tenga la amabilidad de informar a su cliente de que quiero una anulación.

El más joven de los abogados respiró ruidosamente y se encontró con la mirada de Arturo Mazzini, que se quitó las gafas y volvió a ponérselas tras haberlas limpiado.

–Pero *contessa* –dijo suavemente–. Lo más importante es la disolución de su matrimonio, y no cómo se va a hacer –su sonrisa apaciguadora no fue correspondida.

–Puedo decidir por mí misma lo que es importante y lo que no –dijo Emily–. Un divorcio, incluso la modalidad de mutuo acuerdo que su cliente ofrece, sugiere que sí existió un matrimonio entre nosotros. Quiero dejar bien claro que no ha sido así. Jamás he sido la esposa del conde Rafaele di Salis.

El *signor* Mazzini quedó consternado.

–¿Claro? –repitió–. Debe de haber un malentendido, *contessa*. Cualquier acuerdo entre usted y el *conte* di Salis ha de ser privado.

–Yo no fui responsable del acuerdo de mi matrimonio, sino mi padre –respondió Emily con contundencia–. Ni tampoco di garantías respecto a su duración. Y por favor, no me llame *contessa*. No es nada apropiado en estas circunstancias. Señorita Blake es más que suficiente.

Se produjo un incómodo silencio y el *signor* Mazzini sacó un fino pañuelo de lino para secarse la frente.

–¿Hace mucho calor aquí, *signor*? –preguntó su oponente con algo más de amabilidad–. ¿Quiere que abra la ventana?

Ambos hombres reprimieron un escalofrío. Esa mañana había helado y los cuidados jardines que rodeaban Langborne Manor todavía relucían en un baño de plata. El antiguo sistema de calefacción central de la casa dejaba mucho que desear, a pesar de que el *conte* di Salis se hubiera ofrecido a comprar uno nuevo en más de una ocasión, como bien sabía el *signor* Mazzini.

–Es muy amable –respondió Mazzini–. Pero no. Gracias –tras una pausa, se inclinó hacia delante–. *Contessa*, señorita Blake, le ruego que recapacite. El divorcio sería un mero formalismo y los términos del acuerdo que propone mi cliente son más que generosos.

–No quiero nada del conde –dijo Emily levantando la barbilla–. Cuando cumpla veintiún años, ya no podrá controlar mis asuntos. El dinero de mi padre y esta casa al fin serán míos. No necesito nada más.

Se volvió a sentar. Los rayos del sol se colaban a través de la larga vidriera de la ventana y encendían en llamas su cabello rojizo. El joven Pietro Celli fingía hojear los documentos de una carpeta mientras la observaba de forma un tanto indiscreta. «Demasiado delgada y pálida, y desde luego muy tensa», pensó mientras recordaba las curvas sinuosas de la última amante del conde, las cuales había podido admirar en muchas ocasiones. La futura exmujer del conde tenía unas delicadas manos que no lucían joya alguna. Solo Dios sabría lo que había hecho con el anillo de boda de su excelencia: el zafiro di Salis, que, por supuesto, tendría que devolver. Sus ojos eran color esmeralda y estaban rodeados de las más largas pestañas.

«¡*Madonna* mía. Son increíbles! Sin embargo, el resto del rostro es corriente», pensó con indiferencia. Además, era una arpía. Rafaele di Salis debía de haberse casado por compromiso. «¿Quién puede culparle?»

–A menos que, por supuesto, su cliente haya perdido mi herencia debido a un acuerdo financiero dudoso –añadió la enérgica joven sin motivo alguno–. Quizá los haya enviado para ponerme al tanto de las malas noticias.

El *signor* Mazzini se crispó al tiempo que Pietro se quedaba boquiabierto.

–Esa es una acusación muy grave, *signorina* –dijo el mayor de los abogados–. Su esposo ha manejado el fideicomiso de forma ejemplar. No le quepa la menor duda. Usted será una joven adinerada –«más rica de lo que merece», su voz dio a entender.

Emily suspiró.

–No hablaba en serio. Soy perfectamente consciente de que el conde di Salis es uno de los grandes en el mundo de las finanzas, y le estoy agradecida por todo lo que ha hecho.

El abogado extendió sus manos, algo perplejo.

–Entonces, si me permite la pregunta, ¿por qué no demostrar su gratitud accediendo al plan de divorcio?

Emily se levantó y caminó hasta la ventana. Iba vestida con una camisa de lana de color crema por dentro de unos entallados pantalones de pana negros, con un ancho cinturón de cuero alrededor de la minúscula cintura. Llevaba el cabello recogido y sujeto con un lazo negro.

–Porque, cuando me case de nuevo, quiero que la ceremonia tenga lugar en nuestra iglesia parroquial, pero el cura es muy tradicional. También tengo la intención de ir de blanco –hizo una pausa–. ¿Está todo bien claro para su cliente?

–Pero sigue casada, señorita Blake –la aclaración del señor Mazzini fue algo brusca–. ¿No es un poco pronto para estar planeando otra boda?

–No hay tal matrimonio –dijo Emily–. Es solo un acuerdo de negocios cuyo plazo de vigencia toca a su fin –se dio la vuelta–. Bien, ¿les apetecería tomar una taza de té? –su sonrisa de cortesía no le llegó a los ojos–. Me temo que el café de esta casa no es muy bueno.

El *signor* Mazzini se levantó.

–Se lo agradezco, pero no. Creo que ambos necesitamos un poco de tiempo, para pensar. Quizá podríamos tener otra reunión mañana, *signorina*, en caso de que decida, recapacitar. Su excelencia no aceptará una anulación.

–Pero, ¿por qué no? –dijo abriendo aún más sus ojos color esmeralda–. Seguramente él quiera librarse de mí tanto como yo de él. Merezco alguna recompensa por estos tres años de abnegado aburrimiento –añadió, encogiéndose de hombros–. Fui su anfitriona cuando era necesario, e hice la vista gorda ante su escandalosamente pública vida privada. Ahora él podría complacerme, para variar.

–*Signorina*, ustedes los ingleses tienen la costumbre de arrojar el guante –el tono del *signor* Mazzini revelaba cierta inflexibilidad–. En este caso, tal desafío hacia su excelencia no es una decisión sabia.

La risa de Emily sonó estridente.

–¡Oh, por favor! ¿He ofendido el machismo del conde Rafaele? ¿Acaso he mellado su reputación sugiriendo que hay al menos una mujer en el mundo que no lo encuentra irresistible, y que esa es su supuesta esposa? –se encogió de hombros–. Bueno, lamento cualquier herida que haya podido infligir a su orgullo masculino, pero no tengo intención de cambiar de idea –se aproximó a la chimenea y tocó una campanita–. Dígale también que deberíamos empezar los trámites cuanto antes. Cumpliré veintiún años dentro de tres meses y quisiera estar soltera para entonces.

–Le transmitiré sus deseos a su excelencia –dijo el *signor* Mazzini con una pequeña y seca reverencia. «O por lo menos, una versión muy cuidada de los mismos», concluyó silenciosamente al llegar el ama de llaves para acompañarlos a la salida.

Una vez sola, Emily se dejó caer exhausta sobre un butacón. Había hecho frente a la visita, pero tenía el estómago revuelto y las piernas le habían temblado durante toda la entrevista.

Ya estaba hecho, y aunque inseguros, había dado los primeros pasos hacia la libertad. Los abogados ya debían de estar de camino a Londres, Nueva York, o a dondequiera que Raf se encontrase en ese momento, y con ellos viajaban las malas noticias. «Si es que en efecto lo son», pensó con una actitud defensiva. «¿Por qué debería preocuparle no poder añadir una más a su colección cuando tiene tantas?». Se hizo un ovillo y cerró los ojos. «Oh, papá», susurró desamparada, «no me hiciste ningún favor cuando me empujaste hacia esta farsa de matrimonio. Nunca, nunca tenía que haber accedido, pero ¿qué otra cosa podría haber hecho cuando estando tan enfermo me hiciste prometerlo?»

Por lo menos no era una cadena perpetua. El conde Rafaele había mantenido su palabra al respecto. Además, solo accedió a casarse con ella para saldar una deuda con su padre. «Sin lugar a dudas, yo hubiera sido la última esposa que hubiera elegido en circunstancias normales», se dijo a sí misma. «Y no es que me importara lo que él pensaba o quería en aquel momento, cuando estaba tan dolida por la marcha de Simon. Entonces me sentía tan sola y humillada, que si el Conde Drácula se me hubiera declarado, probablemente habría aceptado».

Pero Rafaele no era precisamente un vampiro. Era más bien una pantera negra, siempre rondando las junglas financieras en busca de una presa. Cómo había llegado hasta su padre seguía siendo uno de los grandes misterios de la vida.

Emily lo había visto por primera vez a la edad de diecisiete años, al llegar a casa para pasar las vacaciones de Navidad. Había irrumpido en el despacho de su padre como de costumbre, pero al abrir la puerta se había encontrado con un joven desconocido.

Él se levantó al instante y Emily se paró en seco, boquiabierta a causa de tan turbadora sorpresa. Se llevó una confusa pero vívida impresión de su rizado pelo negro y su piel bronceada, sin olvidar los ojos castaños con ondulantes destellos verdes y dorados que parecían observarla minuciosamente. Entonces vio cómo los firmes labios de aquel hombre dibujaban una mueca burlona y la piel se le erizó.

–Papá, lo siento. No me di cuenta de que estabas reunido –se apresuró a decir con un ligero tartamudeo.

–No pasa nada querida. Estoy seguro de que el conde di Salis disculpará tu repentina llegada –su padre se había levantado para tomarla de las manos y darle un beso, pero su saludo le pareció un tanto apagado–. ¿No es así, Rafaele?

–Ha sido una interrupción encantadora –la voz de aquel extraño era grave y profunda, y su inglés era impecable. Dio un paso adelante y tomó la mano que ella le ofrecía con torpeza–. Así que esta es su Emilia, *signore*.

Su tacto era suave y Emily sintió un repentino vuelco de sensaciones, tan inesperadas como desconocidas. Había sido como recibir una descarga eléctrica, e intentó liberar sus dedos rápidamente al tiempo que le decía que su nombre era Emily, y no una versión italianizada del mismo.

En ese momento, su mano fue liberada. El conde había notado su rechazo y reaccionó inmediatamente.

–Es un placer conocerla, *signorina* –dijo con perfecta cortesía, mirando a sir Travers Blake–. Amigo mío, es usted un hombre afortunado.

–Yo también lo creo... Ahora corre y deshaz la maleta, mi niña. Nos vemos más tarde, a la hora del té.

Al recordar aquel día, Emily pensó que lo normal habría sido librarse de los zapatos de una patada y acurrucarse en esa misma silla esperando a que su padre terminase. «Sin embargo, de alguna forma sabía que no se me permitiría saludar como de costumbre, y que todo estaba en proceso de cambio. Pero no sabía hasta qué punto».

Al volver al vestíbulo con cierta reticencia, se había encontrado con la señora Penistone, el ama de llaves, que parecía algo impaciente.

–Oh, señorita Emily, tenía que haberle dicho que no podía molestar a su padre –dijo ofreciendo una disculpa–. Espero que no esté enojado.

–No lo parecía –Emily agarró su equipaje y empezó a subir las escaleras–. No se preocupe por ello, querida Penny. Vamos a tomar el té todos juntos y me disculparé de nuevo cuando el invitado se haya marchado.

–Oh, pero no se va –dijo la señora Penistone–. Se va a quedar para pasar las Navidades. Ayer su padre me dijo que preparase la Habitación de Oro para él.

–¿En serio? –la noticia la hizo parar en seco–. Pero él nunca tiene invitados en Navidad. Solamente celebra el Boxing Day con unos cuantos invitados.

–Bueno, este año no, señorita Emily –la señora frunció los labios–. Ha invitado a todo el vecindario.

–¿Incluso a los Aubrey de High Gables? –Emily intentó que su comentario sonase casual–. ¡Dios mío! Está tirando la casa por la ventana.

«Sí que debe de querer impresionar al conde», pensó Emily de camino a su dormitorio. Pero si eso significaba que Simon Aubrey iría a la fiesta, entonces sí debía estar agradecida a aquel inesperado intruso.

«Mi maravilloso Simon», susurró en silencio y sonrió mientras evocaba su imagen. Pero el semblante que apareció era muy distinto. No se trataba de los rasgos juveniles de Simon, sino de un rostro moreno y mayor que la observaba con una leve sonrisa. Era una cara poderosa y típicamente masculina, de rasgos duros, prominentes pómulos y una nariz aquilina. Sin embargo, al mismo tiempo resultaba atractiva.

De pronto recordó a su profesora de arte cuando se había referido al protagonista de algún cuadro renacentista como a «uno de los ángeles caídos». «Ahora sé exactamente lo que quería decir», pensó Emily, y un escalofrío le recorrió el cuerpo al no percibir ni un atisbo de suavidad en Rafaele di Salis. La inflexible severidad de su boca y mandíbula, así como la fría arrogancia de su mirada parecían lanzar una advertencia al mundo. Mientras deshacía la maleta, decidió qué hacer si el conde volvía a observarla de esa forma. «Y no es que sea probable», concluyó la joven. No obstante, si ocurría de nuevo, le devolvería la mirada con calma y frialdad, pero con la arrogancia suficiente para hacerle darse cuenta de que semejante escrutinio no era bienvenido.

Emily no tardó en darse cuenta de que aquellos planes eran inútiles, ya que parecía ser invisible para el conde. La trataba con una cortesía distante que la dejaba helada. «Un adulto con poca paciencia tratando con una niña», había pensado hirviendo de rabia.

Y para colmo de males, su padre parecía algo preocupado. Apenas lo veía porque pasaba mucho tiempo con el conde di Salis, y no había podido evitar pensar que aquellos no eran los típicos preparativos navideños, a pesar de haberse dicho una y otra vez que su padre tenía todo el derecho a invitar a quien quisiera. Sin embargo, desde la muerte de su madre cinco años antes, se había acostumbrado a tenerlo para ella durante las vacaciones y deseaba que el conde di Salis hubiese hecho la visita en otro momento. Es más, empezaba a sentirse como si fuera ella la intrusa y su presencia fuera un obstáculo para los negocios de su padre. Debían de estar preparando un gran acuerdo, pero no era una buena idea preguntar.

Su padre nunca le había hablado acerca de su imperio inmobiliario, repitiéndole una y otra vez que era muy joven para entender. Además, le había dejado claro que su única hija no desempeñaría ningún papel en la futura gestión de la compañía, y ella sabía que todo hubiese sido distinto de haber sido un chico. «Papá el dinosaurio», había pensado Emily con un pequeño suspiro.

Contando con la aprobación de su padre, sus profesores la habían animado a estudiar Bellas Artes en la universidad. Y si bien la idea le resultaba atractiva, tampoco había sentido un entusiasmo arrollador. Además, como Simon ya formaba parte de su vida, su futuro tomaría un camino muy diferente.

Los Aubrey y los Blake nunca se habían llevado muy bien, y aunque Simon, el sobrino del señor Aubrey, solía visitarlos con frecuencia, no había reparado en Emily hasta el verano anterior, cuando la habían invitado a High Gables una tarde de domingo para jugar al tenis. La invitación había sido cosa de Jilly, una rubia de largas piernas tres años mayor que Emily y única hija de los Aubrey. Con su típico desenfado, le había dicho que solo la invitaban para cuadrar el número de invitados porque alguien había dicho que no en el último momento.

«Un comienzo poco prometedor...», pensó la joven. Pero cuando Simon le sonrió y propuso que fuese su compañera, Emily se sintió mucho mejor. Y al ganar, pensó que su admiración por ella crecía por momentos. Desde entonces, Simon hizo que la invitaran casi todos los días a jugar al tenis o a nadar en la piscina, a pesar de que Jilly no hacía ningún esfuerzo por ocultar el disgusto. Emily se dijo que su malicia no tenía importancia. Se estaba enamorando de Simon y no le preocupaba quién lo supiese. Además, él parecía sentir lo mismo. Todo lo que le decía y hacía parecía apuntar a una promesa de futuro. Sin embargo, no podía haber ningún reconocimiento formal de su relación hasta pasado al menos un año, y ambos eran conscientes de ello. Tendría que convencer a su padre, lo cual no sería tarea fácil, sobre todo porque Simon estaba buscando trabajo.

–No quiero presentarme ante él con las manos vacías –le había dicho Simon con tristeza en más de una ocasión–. Nadie será lo suficientemente bueno para su encantadora niña.

Emily no tuvo más remedio que darle la razón. Solo la consolaba saber que una vez su padre llegara a conocer a Simon, le caería bien. El Boxing Day sería

la oportunidad ideal para que estrecharan los lazos.
Pero primero tuvo que pasar el día de Navidad, lo cual
fue más fácil de lo esperado porque su padre, consciente de que la había dejado a un lado, se esforzó por
volver a ser el amigo cariñoso al que estaba acostumbrada.

Solo hubo un momento embarazoso. Rafaele di
Salis le agradeció cortésmente el libro sobre historia
local que supuestamente ella le había regalado, cuando en realidad no se había preocupado de comprarle
nada. Todo había sido cosa de su padre, y la joven no
pudo sino balbucear una torpe muestra de agradeci-
miento al tiempo que la irónica mirada del conde la
hacía ruborizar. Él le había regalado una docena de finos pañuelos, adornados con encaje italiano hecho a
mano. «Correcto y aburrido», concluyó Emily. No era
más que un regalo por obligación.

Esa misma tarde, sintió un gran alivio al verle ir a
dar un paseo. Por fin se quedaba a solas con su padre
para jugar la tradicional partida de backgammon.

—¿Qué te parece Rafaele? —le preguntó su padre
mientras ella preparaba el tablero para jugar.

—Trato de no pensar en él —dijo intentando parecer
indiferente.

Por un instante, pensó que su padre había fruncido
el ceño, pero concluyó que tenía la típica expresión de
concentración profunda.

—Has mejorado.

Emily hizo una mueca.

—Me dejas ganar —dijo ella mientras depositaba el
tablero y las fichas en el interior de la caja de cuero.

—Tonterías —concluyó su padre mientras se levantaba para atizar la lumbre.

En ese momento, Emily notó que el ama de llaves
estaba haciéndole señas y fue tras ella.

–¿Qué pasa?

–Ha llegado algo para usted, señorita Emily. Por la puerta de atrás –la señora Penistone tenía una expresión pícara–. Lo trajo un joven muy amable.

–Oh –Emily se sonrojó cuando la señora le enseñó un pequeño paquete plano envuelto en papel navideño. «Tiene que ser de Simon», pensó mientras se le aceleraba el corazón. Se lo llevaría a su habitación y lo abriría en privado.

Al pasar por el pasillo superior, sacó la diminuta tarjeta de su envoltorio y leyó el mensaje manuscrito. *Para Emily, la chica de mis sueños*. S. Incapaz de aguantar la curiosidad, arrancó el envoltorio y se detuvo a contemplar lo que contenía. Era ropa interior, muy distinta a la que ella siempre había llevado. Había un sujetador compuesto por dos triángulos de transparente gasa negra unidos por una estrecha cinta, y un tanga a juego.

Emily se sintió confusa. Hasta entonces, el noviazgo con Simon había sido muy comedido, aunque sí había habido ocasiones en que sus besos sutiles la habían hecho ansiar algo más. Él siempre había dicho que podía esperar, que merecía la pena esperar por ella...

Hasta entonces. «¿Es esta la imagen que Simon tiene de mí? ¿Es así como me ve?», se había preguntado mientras un suave calor le recorría la piel. «Y si es así... «

–Emilia.

No había oído la puerta de la Habitación de Oro, y mucho menos sus pasos al acercarse. Sin embargo, ante sus ojos estaba el mismísimo Rafaele di Salis. Arrancada de su fantasía, se dio un susto tremendo y la minúscula lencería se le deslizó entre los dedos junto con la tarjeta. Emily se quedó de piedra.

–Oh, Dios mío –se lamentó en voz baja, al agacharse para recogerla. Pero Rafaele di Salis ya se estaba incorporando: las prendas colgaban burlonas de su dedo índice.

–¿Un regalo de un admirador? –dijo levantando las cejas. Su tono sonó frío e imparcial.

–Eso no es asunto suyo –si bien antes se había sonrojado, ahora estaba ardiendo de la cabeza a los pies. ¿Por qué no había esperado a encontrarse en su habitación antes de abrir el paquete? Que él, de entre todos los hombres, hubiera tenido que ver el regalo de Simon...

–¿Me las devuelve por favor?

–*Certamente* –las soltó con desdén dentro del envoltorio.

Emily se mordió los labios. Todo lo que quería hacer en ese momento era huir y morir en un lugar dónde nunca pudieran encontrarla, pero no quería que el conde le contara lo ocurrido a su padre, así que tendría que hacer algo.

–Creía, creía que estaba dando un paseo –dijo en un tono afectado.

Él se encogió de hombros.

–Tu padre me pidió que volviese a tiempo para tomar el té. Por lo visto era una ocasión muy especial –comentó mientras echaba un vistazo al sujetador y al tanga, con una mueca en los labios–. Veo que tenía razón.

–Se suponía que eran una broma –dijo Emily rápidamente–. Pero creo que a papá no le haría gracia.

–Entonces no deberíamos preocuparlo.

–No –dijo Emily–. Gracias –añadió con reticencia.

Esperó unos segundos, pero él no hizo ningún amago de moverse. Notó que la observaba fijamente.

La joven carraspeó.

–Sé lo que debe de estar pensando…

–No –dijo suavemente–. No lo sabes –le entregó la carta con el mensaje de Simon–. De hecho, yo también estoy disfrutando de una fantasía, pero en la mía no hay ningún tipo de ropa.

Le soltó una fría sonrisa impersonal y siguió su camino, dejando a Emily sin aliento. Ella pasó un largo rato en su habitación, tratando de reunir el valor suficiente para bajar. Su padre notaría su pérdida de apetito, lo cual le daría más oportunidades al infame y detestable conde di Salis para divertirse a su costa. Además, una chica a la que su novio acababa de regalar lencería sugerente en secreto no podía hacerse la remilgada ante una inofensiva insinuación sexual. Pero, desde cualquier punto de vista, el recuerdo aún la hacía retorcerse de vergüenza. «Solo deseo que termine los negocios con papá y se marche», pensó mientras volvía a poner la ropa interior en el envoltorio y la enterraba en el fondo de un cajón. Al final, no tuvo más remedio que bajar al salón.

–¿Y bien? –Simon le dijo al oído–. ¿Lo llevas puesto?

Emily echó un vistazo a su ropa: una camisa de seda blanca con un largo cuello puritano, y una falda de terciopelo en tonos turquesa y azul oscuro que le llegaba hasta los tobillos.

–Eh… no –dijo con tono apaciguador–. No quedaba bien debajo de esta ropa.

–Bueno, tal vez –asintió un tanto contrariado–. Dime algo, eh, ¿nunca te cansas de jugar a ser la niña de papá? Ya eres una adulta. ¿No es hora de que crezcas y empieces a ser una mujer? ¿Mi mujer, para ser exactos?

A Emily se le cortó la respiración.

–Pensé que habíamos acordado esperar.

–¡Por Dios! He esperado mucho. No seas así, cariño. Soy humano y no soporto irme de tu lado con este deseo dentro.

Sintió el rubor en las mejillas y miró a su alrededor desconcertada.

–Simon, baja la voz. Alguien podría oírte.

–¿Qué van a oír? ¿Que te deseo? Eso no es una sorpresa para nadie del vecindario, excepto tal vez para tu padre –dijo acercándose peligrosamente–. ¿No hay alguna manera de que podamos estar juntos, amor mío?

–¿Quieres decir esta noche? –Emily no podía creer lo que estaba oyendo–. Soy la anfitriona de mi padre. No puedo esfumarme así como así. Además, he de asegurarme de que nuestro invitado conozca a todo el mundo –añadió con un toque de amargura.

–¿Te refieres al tipo alto de aspecto mediterráneo que anda por el pueblo últimamente? Yo no me preocuparía mucho de él.

–Pero yo tengo que preocuparme. Ayer me metí en un buen lío por estar en mi habitación cuando debía haber estado atendiéndole –Emily suspiró–. Así que ahora he de compensarle por la grosería de ayer procurando que no se aburra, llenándole la copa vacía y todo eso.

–Entonces tienes un problema –le advirtió Simon–. Todas las mujeres de la sala babean a su alrededor. Tendrías que matar para llegar hasta él –su voz se hundió en un persuasivo susurro–. Cariño, esta es una casa grande. ¿Hay algún sitio adónde podamos ir solo un rato?

Emily se mordió los labios. ¿Era así como él quería que fuese su primera vez juntos? ¿Un encuentro furtivo en alguna habitación vacía bajo la amenaza de ser descubiertos?

–Simon, no puedo. Seguro que mi padre me echa en falta y no podemos correr ese riesgo.

–Entonces más tarde, cuando la fiesta haya terminado –su voz sonó impaciente–. Volveré por el jardín dentro de un par de horas. Deja el invernadero abierto. ¿De acuerdo? –hizo una pausa–. Por favor, amor mío. Significaría tanto para mí saber que ya estás lista para entregarte a mí.

Todavía llena de dudas, Emily accedió.

–Si… eso es lo que quieres…

La sonrisa de Simon fue triunfal.

–Oh, tú también lo desearás, nena. Te lo prometo. Y ponte mi regalo. ¿Eh?

Emily se alejó. Tenía la boca seca y el corazón le palpitaba de una forma muy desagradable. Algo la hizo mirar al extremo opuesto de la habitación y se dio cuenta de que, aunque asediado por admiradores, Rafaele di Salis la estaba observando con rostro impasible.

Estuvo en vilo durante toda la velada. Se paseó entre los invitados, hablando y riendo, pero era incapaz de recordar lo que había dicho. Además, parecía que Simon había tenido razón respecto a Rafaele di Salis y su habilidad para atraer a aquellas mujeres. Jilly Aubrey estaba tan pegada a él, que solo habrían podido arrancarla de allí a la fuerza. Y todo eso probaba, pensó Emily con mordacidad, que había quienes tenían mal gusto.

Pese a todo, había sido una buena fiesta. Todos los invitados lamentaban tener que marcharse. En el vestíbulo, alguien sacó una ramita de muérdago y todos se dieron besos entre risas y aplausos. A Emily le tocó una buena parte de los mismos, los cuales devolvió con falsas sonrisas radiantes. Sin embargo, Simon no apareció por ninguna parte.

–No vi marcharse a los Aubrey –dijo con indiferencia.

–Se fueron hace casi una hora –respondió sir Travers–. Excepto la chica, Jillian –añadió con un gesto de desaprobación–. Se quedó hasta muy tarde tras haber convencido a Rafaele para que la llevase a casa.

«Vaya. ¿Por qué no me sorprende?», pensó Emily con ironía.

Las tareas de limpieza tras la fiesta terminaron pronto gracias a la rapidez y eficacia del personal y Emily pudo retirarse a su habitación, no sin antes escabullirse sigilosamente por el comedor para desbloquear la puerta del invernadero. Solo cabía esperar que el ama de llaves no decidiera llevar a cabo una comprobación de última hora. ¿O era eso lo que realmente deseaba?

Una profunda inquietud se apoderó de ella mientras se desvestía y tomaba una ducha. Con cierta reticencia, se puso el sujetador y el tanga, pero no consiguió verse o sentirse sexy, sino incómoda e increíblemente estúpida. Pero si era eso lo que Simon quería… Daba igual. Se cubriría un poco enfundándose en su oscuro vestido de terciopelo verde.

Emily se preguntó por qué estaba dudando. Aquella noche sería un momento crucial, en el que por fin se entregaría al hombre al que amaba. Y sería maravilloso porque él haría que fuese así.

Tras respirar profundamente salió de la habitación, cerrando la puerta con sumo cuidado. Y así, se deslizó silenciosamente por la penumbra de las escaleras para acudir a la cita.

Capítulo 2

TRES años después, Emily aún recordaba el tacto de la alfombra bajo sus pies descalzos, las sombras que distorsionaban los objetos más comunes... A cada paso había esperado que las luces se encendieran y su padre la sorprendiera. Sin duda, él la habría creído al decirle que no podía dormir porque nunca le había dado motivos para desconfiar, o no lo había hecho hasta entonces, pensó al tiempo que se le hacía un nudo en la garganta.

Más de una vez se sintió tentada a darse la vuelta y buscar alguna disculpa para Simon. «Pero yo lo amo», se había recordado en un delirio de amor. «Debería querer hacerle feliz». En sus brazos se sentiría distinta. Sin embargo, no podía negar que había esperado tener una primera vez más romántica que aquel furtivo encuentro.

Había oído comentar a sus compañeras de colegio más sofisticadas que la primera vez no era gran cosa, sino algo por lo que uno tenía que pasar. De hecho, creía ser la única chica de sexto que no tomaba la píldora. ¿Traería Simon protección, o tendría que arriesgarse? Emily tragó con dificultad. Su padre se sentiría decepcionado, pero como Simon y ella pensaban casarse...

«La situación sería más fácil si Simon tuviese un trabajo estable», pensó algo desanimada. No podría mantener a una esposa y a un hijo sin un salario fijo ni una casa propia, y aunque su padre pudiera ofrecerle algo, no podía contar con ello.

Con un profundo suspiro, abrió la puerta del invernadero y entró tan sigilosa como un pequeño fantasma. Era uno de sus lugares favoritos de la casa. Se quedó de pie con los ojos cerrados y olió la tierra fresca. Reinaba un gran silencio. «Quizás debería darle algunos minutos de margen», pensó con desgana. No podía irse a la cama dejando la puerta exterior sin cerrar, y no quería que él llegase tarde y despertase a toda la casa.

«Oh Dios. Nunca tenía que haber accedido a esto», pensó mientras se derrumbaba en un banco y miraba la hora.

Cuando volviera a ver a Simon, fingiría no haber estado allí. Le diría que su padre había sospechado algo y que esperaba que no se hubiera dado el paseo para nada.

Al incorporarse se dio cuenta de que estaban abriendo la puerta del jardín, y la oscura silueta de un hombre se dibujó en el umbral. Emily se quedó petrificada al darse cuenta de que era demasiado tarde para escabullirse. «Este es Simon», se recordó impaciente. «Este es el hombre al que amas y deseas, y ya es hora de que te entregues de una vez y para siempre».

Entonces, respiró profundamente y se arrojó a unos brazos que rápidamente la rodearon al tiempo que ella alzaba su rostro en busca de un beso. Pero en lugar de la avidez apasionada que había esperado, se encontró con una cohibida respuesta, como si tratase de mantener su ardiente deseo a raya. Con los ojos cerrados, Emily se entregó al placer de aquellos labios contra los suyos, a las caricias que exploraban los suaves contornos de su boca como si…

Se dio cuenta de que algo iba mal. El robusto cuerpo masculino al que se había abrazado ardiendo de deseo era más alto que el de Simon, y definitivamente más musculoso. Aquellos besos y abrazos no eran los de su amante. Aquel aroma… le resultaba demasiado familiar. Era igual…

«Oh Dios», dijo ahogando un gemido. «Oh Dios, es… él».

Luchando por recuperar el aliento, arrancó sus labios de los de él y lo empujó violentamente.

–Déjeme en paz –dijo con voz temblorosa–. Maldita sea.

–¿Quieres decir que esta turbadora bienvenida no iba dirigida a mí? –dijo Rafaele di Salis con un tono burlón–. Qué pena.

Por suerte, la soltó lo suficiente para que Emily pudiera echarse atrás. Él encendió la luz y la pilló frotándose la boca con la mano para intentar borrar cualquier vestigio de aquel beso. En un intento por encubrir su turbación, Emily se puso a la defensiva.

–¿Qué cree que está haciendo al entrar en este lugar como un ladrón?

Él enarcó las cejas con ironía.

–¿Estás diciendo que me confundiste con un ladrón, y no con Simon Aubrey?

–Simon no es asunto suyo –dijo Emily con brusquedad.

–Oh, sí que lo es, Emilia. Y me temo que no podrá acudir a la cita esta noche.

Emily se puso tensa.

–¿Él se lo dijo?

–No –dijo encogiéndose de hombros–. Yo se lo dije cuando me lo encontré en el jardín.

Emily se quedó sin aliento.

–¿Nos estaba espiando?

–Acababa de llegar tras llevar a casa a la *signorina* Aubrey y oí crujir la maleza de camino a la casa. Es una suerte que no haya perros en el recinto. De lo contrario él habría despertado a toda la casa, incluyendo a su padre –hizo una pausa–. Lo convencí de que la visita era inapropiada y se marchó.

–¿Y qué le da derecho a meterse en mis asuntos? –dijo con voz entrecortada.

–¿Quieres decir que ha habido otros? –el conde hizo una mueca de desaprobación–. Yo hubiera jurado que Simon Aubrey era el primero –echó un vistazo alrededor–. Tengo que decirte, *cara*, que este es el escenario más inapropiado para la primera vez.

Emily se quedó sin palabras, consciente de que cada centímetro de su cuerpo ardía de vergüenza.

–Es usted muy desagradable –le soltó con voz ronca.

Él se echó a reír.

–No. Soy práctico. Además, tu aspirante a amante no parecía animado cuando me lo encontré hace un rato. Se le veía malhumorado. En casa de su tío, noté que había tenido una discusión familiar.

–¡Eso no es asunto suyo!

–Estoy de acuerdo –dijo Rafaele con cordialidad–. Y por ello me disculpé y me marché inmediatamente, sin tomar el café que me habían ofrecido.

Ella le lanzó una mirada feroz.

–¿Es por eso por lo que decidió arruinar mi encuentro con Simon, *signore*, porque se le había estropeado lo de Jilly?

–Eso, *mia cara*, es una vulgaridad impropia de alguien como tú –dijo suavemente e hizo una pausa–. Tu padre es amigo mío, Emilia, y trataré de ahorrarle preocupaciones. Descubrir que accediste a tener un lío en secreto bajo su propio techo sería un duro golpe para él. Ese joven debería ser más respetuoso.

Emily echó hacia atrás la cabeza.

—Resulta, *signore*, que Simon y yo estamos comprometidos. Habíamos quedado en vernos esta noche para discutir nuestros planes.

El conde dio un paso hacia ella con tanta decisión que Emily no tuvo tiempo de echarse hacia atrás. Una mano atrevida deslizó la cremallera de su vestido casi hasta la cintura, dejando al descubierto aquellos transparentes triángulos negros que apenas le cubrían los pezones.

—Me parece que no soy el único con una sórdida imaginación, *signorina* —dijo con desprecio—. Eres demasiado joven y encantadora para necesitar adornos tan indignos.

—¿Cómo se atreve? —dijo ahogando un gruñido al tiempo que trataba de cubrirse—. Oh Dios, ¿cómo se atreve a tocarme y a insultarme? ¿Y dice que es amigo de papá? Lo echará de casa cuando le cuente…

—Cuando le cuente exactamente... ¿qué? —Rafaele Di Salis interrumpió sus desatinadas palabras—. ¿Lo que estabas haciendo aquí? ¿Por qué estabas vestida así? —sacudió la cabeza—. No, Emilia. Te sugiero que guardes silencio respecto a esta noche, tal y como yo voy a hacer. Ahora, vete a tu habitación —añadió algo cansado—. Y yo cerraré aquí.

Ella no se detuvo a discutir, sino que huyó rápidamente. Ya en su habitación, se dejó caer encima de la cama y hundió el rostro en las mantas, presa de la conmoción y el disgusto.

—Quiero morir —se dijo reprimiendo un sollozo—. Porque así nunca más veré a Rafaele di Salis.

Pero tenía que seguir viviendo, soportando el recuerdo de su mirada acusadora y sus crueles palabras. Además, cayó en la cuenta de que Simon se había ido a casa sumisamente, pero ello le produjo cierto alivio.

Pasó la noche en velo, refugiada entre las sábanas. A la mañana siguiente, se levantó pálida y ojerosa, pero no tuvo más remedio que bajar a desayunar y enfrentarse a su adversario. Había ensayado una serie de discursos dignos y cortantes por si acaso él hacía algún comentario malintencionado, pero no fueron necesarios porque no estaba allí. Cuando por fin se atrevió a preguntar, su padre le dijo que Rafaele di Salis se había marchado a primera hora de la mañana rumbo a Nueva York.

–¿No es muy repentino? –logró servirse el café pese al temblor de sus manos.

Su padre se quedó sorprendido.

–No, querida. Raf siempre tuvo intención de marcharse tras el Boxing Day. ¿No te lo dije?

–Creo que no –dijo Emily.

–Bueno, de todas formas se ha marchado –dijo su padre y después sonrió–. Me pidió que te transmitiera sus mejores deseos para el futuro.

–Qué amable –dijo Emily indiferente.

Era extraño que incluso después de tres años fuera capaz de recordarlo como si hubiera pasado el día anterior. Tal vez los recuerdos desagradables permanecían más tiempo en la mente que los más amables. Y la verdad era que no había recuerdos agradables en aquella extraña relación con Raf di Salis.

La celebración llegaría cuando él firmara los papeles que la dejarían libre para casarse con su primer amor. Se le tensaron los labios al recordar cómo había esperado tener noticias de Simon tras aquella noche desastrosa. Pero pasados dos días, su orgullo aún no le había permitido ponerse en contacto con él.

Un día se encontró con Jilly Aubrey en el pueblo.

–Eh, hola –dijo echándole la típica mirada despectiva–. ¿Dónde está ese italiano maravilloso que se hospedaba en tu casa? Quiero invitarle a nuestra fiesta de Año Nuevo.

Emily le lanzó una fría mirada.

–Me temo que no podrá ser. Se ha marchado y no volverá más –«si mis plegarias encuentran respuesta… «.

Jilly se encogió de hombros.

–Pues estamos en las mismas. Según mi madre, Simon va a seguir en Londres.

–Londres –repitió automáticamente.

–¿No lo sabías? –los ojos de Jilly centellearon con malicia y bajó el tono de voz–. Papá averiguó en Navidades que había estado tomando dinero prestado de mamá y hubo una gran pelea, así que han mandado al primo Simon a buscarse la vida, para que pague algunas de sus deudas, si es que puede –dijo con una sonrisa maliciosa–. Sea como sea, no le dejarán volver hasta que tenga un trabajo en condiciones, así que yo en tu lugar empezaría a buscarme otro novio.

–Pero yo no soy tú. Yo creo en Simon y estoy preparada para esperar.

Jilly se encogió de hombros otra vez.

–Allá tú. No digas que no te lo advertí –le espetó y se marchó.

«Simon podría habérmelo dicho», pensó Emily algo desanimada mientras hacía cola para comprar unos sellos en la oficina de correos. «Ni siquiera tuvimos ocasión de decirnos adiós por culpa de ese condenado Rafaele di Salis».

Mencionar su nombre parecía tener el poder de hacerla arder de humillación y rabia, a pesar de que había hecho lo imposible por sacarlo de su mente. Aún la atormentaba cómo la había mirado aquella noche, y la mortificaba aún más que él hubiese sido el primer hombre que la había visto semidesnuda.

Una de las primeras cosas que hizo cuando él se marchó fue envolver aquella horrible lencería en papel de periódico y arrojarla al incinerador del jardín. Ya no volvería más, se dijo Emily. Aquello había terminado para siempre. Además, por suerte Simon estaba buscando trabajo: el primer paso hacia unos planes de futuro; y aunque su padre no daría su brazo a torcer fácilmente, era un comienzo.

Los comentarios de Jilly no tenían importancia. Siempre le había molestado la relación que mantenían, y la decepción que había sufrido con Rafaele di Salis había empeorado las cosas.

—No vamos a tener ningún invitado para Año Nuevo, ¿verdad? —dijo esa noche durante la cena.

—Nadie. ¿Por qué? ¿Acaso hay alguien a quien quisieras invitar? —preguntó su padre.

—No —se apresuró a decir—. Desde luego que no. Solo quería asegurarme.

Sir Travers se quedó mirando su copa de vino.

—¿Esperabas quizá que Rafaele se uniera a nosotros?

—Todo lo contrario.

Su padre le lanzó una larga y pensativa mirada.

—¿Por qué lo rechazas?

—¿Es que tiene que haber una razón? —su tono era defensivo.

—Supongo que no, pero me gustaría que fuerais amigos —había un toque serio en su voz que Emily conocía muy bien—. De ahora en adelante va a hospedarse aquí con frecuencia y, como anfitriona, quisiera que lo hicieses sentir bienvenido, querida.

–Sí. Por supuesto –dijo con tono impasible aunque sintiese furia.

Cruzó los dedos con discreción y deseó que el conde no regresara hasta que ella volviera al colegio. Tuvo suerte porque Raf di Salis no apareció por allí, así que Emily pudo disfrutar del resto de las vacaciones.

Poco antes de volver a clase, tuvo noticias de Simon. Había regresado a High Gables para recoger sus cosas tras haber encontrado trabajo en una compañía de importaciones de la ciudad. Quedaron para comer en el pueblo y Simon le dijo que aquel humilde empleo podía ser un trampolín hacia el dinero de verdad.

–Y podría viajar –le dijo exultante–. La compañía tiene sucursales por todo el mundo –la tomó de la mano–. En unos pocos meses podría ganar lo suficiente para regresar por ti.

Emily sonrió e intentó parecer entusiasmada, pero había una desolación en su corazón que no podía explicar. Algo le decía que sus palabras eran algo improvisadas. Tal vez si no hubiera tenido pertenencias que recoger, no habría tenido noticias de él. Además, parecía haber un acuerdo entre ellos para no mencionar lo ocurrido en la fiesta, y Emily creía merecer una explicación, por no hablar de una disculpa. Simon debía saber que no había sido el único en tener un incómodo encuentro con Rafaele di Salis. ¿Ni siquiera sentía curiosidad?

No obstante, estaba siendo injusta. Simon estaba intentando cambiar, y ella era una de las razones, así que se despidió de él con la promesa de que la llamaría cada fin de semana. «Volverá a mí», susurró para sus adentros al decirle adiós. Pero no ocurriría pronto porque estaba demasiado ocupado. Y así, las llamadas cargadas de noticias sobre éxitos laborales y nuevas amistades empezaron a disminuir hasta que cesaron por completo.

En Semana Santa, aún seguía sin saber nada de él, y no tenía el valor de preguntar por él cuando se encontraba con alguien de la familia. Una semana más tarde, quedó destrozada cuando el anuncio de su compromiso con una joven llamada Rebecca West apareció en *The Times*.

–Ha hecho lo mejor para él –comentó su padre en el desayuno y le pasó el periódico a Rafaele di Salis, que estaba en la casa de nuevo–. Su padre es Robert West, el magnate mediático sudafricano.

El conde respondió con indiferencia, pero Emily se percató de que la observaba fijamente. Era necesario parecer inmutable. No podía escapar a su habitación y dar rienda suelta a las lágrimas que le atenazaban el pecho, no debía derrumbarse delante de Raf di Salis. «Lo detesto por estar aquí, por saber cómo me siento», pensó.

Cuando Simon regresó, no tenía ninguna esposa, sino que era Emily la que llevaba casada dos años. La primera vez que llamó a su puerta, ella cayó presa de la duda.

–Nada serio. Solo tomar una copa y hablar de los viejos tiempos –dijo intentando persuadirla–. A menos que tu marido se oponga.

–No está aquí para opinar –dijo Emily con sequedad.

Simon le había hablado respecto a su compromiso, que solo había durado unos meses.

–Con Rebecca no me iba bien. Su padre estaba de mi parte porque su último prometido era un drogadicto y yo parecía ser una alternativa mejor. Además, tu pa-

dre quería casarte con un aristócrata italiano, así que
pensé que no tenía ninguna posibilidad. Al pedirle a
Rebecca que se casara conmigo, estaba intentando de-
mostrarme a mí mismo que podía seguir adelante. Pero
cuando oí que te habías casado con Rafaele di Salis... –
sacudió la cabeza–. Mi corazón sabía que nada cambiaría lo que sentía por ti –dijo lanzándole una intensa
mirada–. La gente del pueblo dice que apenas lo ves.

–Así es. Sin contar las columnas de sociedad y las
fotos de las revistas del corazón.

–¿Y eso no te duele? –dijo sin más rodeos.

Ella se encogió de hombros.

–No. ¿Por qué debería? No me casé por amor y,
cuando cumpla veintiún años, el fideicomiso terminará y podré divorciarme.

Él la miró fijamente como si fuera la primera vez
que la veía.

–Dios mío, eh... –su voz se apagó en un susurro al
tiempo que envolvía la mano de Emily con la suya–.
¿Estás diciendo que vas a ser libre pronto, y que tú y
yo podríamos tener una segunda oportunidad?

–Eso no te lo puedo asegurar. Es demasiado pronto
y han pasado demasiadas cosas.

–Quiero estar contigo. Debería haberme quedado
para luchar por ti, pero tenía tan poco que ofrecer.
Quiero que sepas que ahora moveré cielo y tierra para
recuperarte.

«Y me ha recuperado», se dijo Emily. «Podemos
olvidar los últimos tres años y... ser felices. Ya es
hora de empezar», pensó al oír el timbre. Se levantó
de la silla y sonrió impaciente mientras cruzaba la habitación para salir al vestíbulo, en donde la señora Penistone acababa de recibir al recién llegado.

–Simon. ¡Qué bien! –le ofreció la mejilla esperando un beso, consciente de que el ama de llaves la observaba con gesto desaprobador. A sus ojos, Emily todavía era una mujer casada aunque su matrimonio nunca hubiera sido convencional–. Penny, tomaremos la cena en media hora.

–Sí, señora –el ama de llaves respondió con sequedad al retirarse.

Simon siguió a Emily hacia el salón y cerró la puerta tras ellos.

–Cariño –dijo con pasión al tiempo que la tomaba entre sus brazos para besarla con frenesí–. ¿Ya están firmados los papeles de divorcio?

Emily se soltó con suavidad y se acercó a uno de los sofás.

–No exactamente.

–Pero supongo que los habrán traído, ¿no?

–Seguramente. No pregunté –Emily titubeó–. He decidido no optar por un divorcio.

–¿Qué? –la pregunta sonó explosiva–. ¿De qué demonios está hablando? ¿Estás diciendo que has cambiado de idea respecto a mí?

Simon parecía estar al borde de la histeria y Emily se sorprendió.

–Por supuesto que no –le acarició la mejilla–. Una anulación sería más rápida y sencilla.

Simon respiró hondo.

–¿Y les dijiste eso? ¿Se lo hiciste saber a los abogados de tu marido?

–Claro que sí. No se puede decir que estuvieran satisfechos, pero los convencí de que iba en serio y ahora deben de estar dándole la noticia.

Hubo un profundo silencio.

–¿Te has vuelto loca? ¿Has hecho saber a un hombre como Rafaele di Salis que te quieres librar de él

alegando que el matrimonio no se consumó? Dime
que es una broma por favor –dijo alzando la voz.

Emily frunció el ceño.

–No podría hablar más en serio. Es una forma mucho más honesta de terminar con esta farsa –Emily levantó la barbilla–. Debería estar contento. Después de
todo podría mencionar a todas las mujeres con las que
se ha acostado.

–Bueno, desde luego tú no lo querías, así que ¿por
qué debería importarte con quién pasa las noches? –Simon se puso de pie. Empezó a pasearse por la habitación con paso inquieto y el rostro encendido por la ira–.
Por Dios, llama de nuevo a los abogados. Diles que lo
has pensado mejor antes de que sea demasiado tarde.

–¿Por qué?

–Porque estás jugando con fuego, y no creo que
quieras verlo furioso.

Emily recordó la advertencia del señor Mazzini y
se le heló la sangre, pero contraatacó con un tono su-
perficial.

–Pobre Simon. ¿Qué te hizo hace tres años para
que estés tan asustado?

–No hizo nada. Ni siquiera dijo gran cosa porque
no hacía falta –dijo furioso–. Es solo su forma de ser.
A lo mejor aún no has visto su lado implacable, pero
está ahí, bajo la superficie. Y yo no querría provocarle
así como no me pondría delante de un toro.

–¿Pero por qué debería enfadarse? –Emily se encogió de hombros–. Seguro que él tampoco me desea,
así que ¿por qué diablos debería importarle cómo ter-
mina el matrimonio, siempre y cuando termine?

–No es así de simple. Dios, no me mencionaste en
todo esto, ¿verdad?

Emily frunció el ceño aún más al notar la ansiedad
de su voz.

–No mencioné tu nombre, pero si dejé claro que pretendía volver a casarme. No estoy avergonzada de ello, ni de ti –respiró hondo–. Creo que es hora de que el conde di Salis se dé cuenta de que no siempre puede hacer su voluntad –hizo una pausa–. Tomémonos algo. Le dije a Penny que pusiera el champán a enfriar, aunque tal vez prefieras un whisky doble.

–Que sea triple –dijo Simon de mal humor–. Y tómate uno tú, porque te aseguro que vas a necesitarlo.

Capítulo 3

NO quiero verle –dijo Emily airada–. No lo haré.

–¿Y cómo vas a evitarlo? –preguntó Simon.

–No lo sé. Pero encontraré la manera –miró el papel arrugado que tenía en la mano–. Tan pronto como reciba su carta, le escribiré y le dejaré muy claro que no voy a verle bajo ningún concepto.

Simon la miró sorprendido.

–No creo que quieras que el viejo Henshaw se ocupe de esto. Lo mataría.

–Por supuesto que no –respondió Emily algo irritada–. Él es el otro fideicomisario junto a di Salis, y le tiene en un pedestal. Había pensado contratar a algún abogado de éxito londinense, alguien que no saliera huyendo ante el gran conde, pero hoy me he encontrado con esto –prosiguió enfurecida–. Me dejó un mensaje diciendo que llegará a Inglaterra dentro de dos días, y que quiere verme al día siguiente –tragó con dificultad–. Y lo que es peor. Se atrevió a decirle a Penny que estaba deseando verme, y ahora ella no hace más que preguntar qué habitación debería prepararle, y qué le gustaría para cenar.

–No sabía que fuera tan romántica.

Emily lo fulminó con la mirada.

–Él flirtea mucho con ella –dijo impasible–. Oh,

Dios mío, Simon, ¿qué voy a hacer? Y por favor, no me digas «ya te lo dije».

Simon permaneció en silencio durante un momento.

−¿Le has devuelto la llamada?

Ella negó con la cabeza.

−Vine directamente hasta aquí para pedirte consejo.

Simon se mordió el labio. Parecía estar tan inquieto como ella.

−¿Por qué no te pones en contacto con él? A ver si puedes quitártelo de encima accediendo a su divorcio express.

−Nunca −dijo furiosa.

−¿Pero qué otras opciones hay?, aparte de fugarse por supuesto.

Emily levantó la cabeza y lo miró fijamente.

−Simon, cariño, eres un genio −asintió entornando los ojos−. Cuando llegue, no estaré. Penny puede decirle que me marché por un tiempo indefinido sin dejar dirección de contacto.

Simon hizo una mueca.

−Seguro que el mundo de las finanzas no puede vivir sin él, y no querrá quedarse a esperarme y parecer estúpido. Tan pronto como esté fuera de mi camino, podré poner en marcha la anulación −sonrió exultante−. Todo está controlado.

−¿Pero adónde irás? −preguntó Simon−. No tienes mucho tiempo para decidir.

−A un sitio en donde nunca se le ocurra buscarme −reflexionó un instante, mordiéndose el labio inferior−. No puedo usar mi pasaporte, pues podría seguirme la pista, así que tendrá que ser un lugar increíblemente inhóspito dentro del país.

Hubo otro silencio.

–A lo mejor puedo ayudarte. Unos amigos míos tienen una cabaña en Escocia, a unas pocas millas de un sitio llamado Tullabrae. La alquilan cuando están fuera.

–¿Escocia? No creo que Raf sepa siquiera dónde está eso. ¿Está vacía ahora?

Simon miró por la ventana y puso una cara rara.

–Yo diría que sí. Casi seguro.

–Dios, eso sería mi salvación. Podría alquilarla durante dos semanas. Ese tiempo bastará para hacerle creer que no merezco la pena, y no tardará en volver a Hong Kong o a París. ¿Podrías contactar con ellos?

Él bajó la mirada.

–Sí. Supongo que sí –su voz sonó extraña–. Si eso es lo que quieres.

–Bueno, por supuesto que sí –Emily estaba desconcertada–. No tengo mucho tiempo.

Él no respondió y Emily lo miró, frunciendo el ceño.

–Cariño, ¿qué pasa? Has estado muy raro desde que llegué.

–Lo siento –dijo forzando una sonrisa–. Es solo que… Escocia en enero… Podría hacer muy mal tiempo.

–Mucho mejor –dijo Emily triunfante–. El conde di Salis prefiere la nieve de los Alpes italianos. No le gustará la nuestra.

Simon dudó un instante, y entonces se levantó.

–Les enviaré un e-mail ahora –se detuvo junto a la puerta–. Le diré a Tracey que te traiga algo caliente. Cualquier cosa vale, puesto que todo sabe fatal.

Emily arrugó la nariz.

–Gracias cariño, pero no –dijo vacilante–. ¿Les has dicho a tus tíos que la señora Whipple se marchó? Seguro que están destrozados después de tantos años. Sé cómo me sentiría si Penny decidiera marcharse.

Una vez sola, Emily miró a su alrededor. El salón de High Gables siempre había sido una estancia muy agradable, con una hermosa alfombra china y muebles de color pastel, pero desde la marcha del ama de llaves, se veía descuidado y vacío. Los candelabros georgianos ya no estaban en la repisa de la chimenea, y la vitrina que contenía las figuritas de porcelana de Celia Aubrey estaba medio vacía.

La señora Whipple se había ido mientras los señores estaban disfrutando de unas largas vacaciones, y había sido reemplazada por Tracey Mason, una camarera a la que habían echado por su holgazanería y falta de puntualidad. Por desgracia, allí no había nadie para vigilarla excepto Simon, que estaba cuidando de la casa y dirigiendo su propio negocio desde allí.

Pero aunque protestara por el café de Tracey, seguramente no notaría que los muebles estaban sin pulir, ni tampoco la suciedad de las ventanas. «Espero que busque una sustituta pronto porque la casa está en un estado deprimente», pensó Emily con un suspiro. Todo eso no habría pasado si siguiera allí la señora Whipple.

Aún dolida por la muerte de su padre, Emily se había propuesto conservar su casa tal y como era, con todo el encanto que a él le gustaba, y no tenía más remedio que admitir que Raf di Salis le había dejado hacer su voluntad.

Se levantó impaciente y fue hacia la ventana. «Odio tener que darle la razón, pero en este caso tengo que hacerlo. Ha cumplido su parte del trato». En los meses previos al duro golpe de la enfermedad terminal de su padre, casi había llegado a acostumbrarse a sus visitas. Cuando tuvo que volver a casa al sufrir un colapso su padre, se alegró de ver a Rafaele y encontró apoyo en su amabilidad para afrontar el trauma que estaba por venir.

–He cambiado mi testamento –le dijo sir Travers una tarde–. Heredarás todo lo que tengo, mi niña, pero no hasta que tengas veintiún años y estés lista para asumir esa responsabilidad. Por ahora, he creado un fideicomiso y tus negocios serán administrados por Leonard Henshaw –hizo una pausa–. Y también por Rafaele.

A Emily se le cortó la respiración.

–Oh, no. No puede ser verdad –protestó automáticamente–. Puedo entender lo del señor Henshaw, pero el conde di Salis es… prácticamente un extraño.

–Pensaba que ya erais amigos.

–Yo no diría tanto, aunque sí ha sido… de gran ayuda.

–La decisión es definitiva, querida –hizo una pausa–. Hay algo más. Como mi heredera, podrías terminar siendo víctima de gente sin escrúpulos y quiero que estés… bien protegida.

–He hablado de esto con Rafaele y él tiene algo que proponerte.

A Emily se le paró el corazón.

–¿Qué, qué tipo de proposición?

–Quiere pedirte que seas su esposa –vio la conmoción en el pálido rostro su hija y la tomó de la mano–. Lógicamente, él no espera que sea un matrimonio convencional –añadió algo turbado–. Porque todavía eres joven para esa clase de compromiso –hizo una pausa–. ¿Tú deseas casarte?

–No –se apresuró a contestar.

«No con él», pensó montando en cólera. «Nunca con él».

–Entonces Raf solo sería tu protector legal hasta el término del fideicomiso.

Su consumido rostro esbozó una tenue sonrisa.

–Él mantendría los lobos a raya, querida.

«¿Y quién lo mantendrá a raya a él?», pensó sin atreverse a decirlo.

–¿Y cuando termine el fideicomiso…? –preguntó Emily al final.

–Iríais cada uno por vuestro lado. Tengo su palabra.

–Pero no creo que él quiera esto.

–Quizá no –dijo su padre–. Emily, no puedo obligarte a casarte con Raf di Salis, pero necesito saber que no estarás sola cuando me haya ido. Te ruego que aceptes la propuesta. Por favor, hazlo por mí, querida. Podré descansar en paz si sé que alguien cuida de ti.

–Si eso es lo que quieres…

–Así es –le acarició la mano–. Ve a verlo, querida. Está esperándote en la sala de estar.

Raf estaba junto a la ventana cuando ella entró y la miró inmutable.

–¿Te ha dicho tu padre lo que quiero pedirte? –Emily asintió–. Entonces, ¿te casarás conmigo, Emilia?

–Sí.

Por un momento, pensó que vendría hacia ella, y de pronto la invadió un vívido recuerdo de su abrazo y del tacto de sus labios, pero él permaneció inmóvil. De hecho, parecía haber retrocedido.

–Entonces está todo arreglado –su voz sonó fría–. Me has dado tu palabra, y también a tu padre.

–Sí –dijo levantando la barbilla.

–¿Te explicó los términos del acuerdo entre nosotros? Puedes negar o asentir con la cabeza –dijo en un tono cortante–. Ahórrame los monosílabos.

Los ojos de Emily centellearon de rabia, pero asintió.

–Claramente espera que yo le obedezca –dijo con frialdad–. No esperará también que le ame y respete.

–No creo en los milagros –dijo dirigiéndose a la puerta con una sonrisa irónica–. Bueno, ¿vamos a ver a tu padre y le damos la buena noticia?

Al recordar sus palabras Emily se mordió los labios. Aquel matrimonio se había convertido en un muro entre ellos.

Emily había intentado desempeñar el insignificante papel que le había sido asignado tranquila y sumisamente, pero nunca fue fácil. Se volvió tímida y cauta delante de Raf, mientras que su ausencia la hacía sentir un profundo resentimiento. Él había respetado el acuerdo, pero ella siempre había notado una extraña tensión entre ambos, y se ponía nerviosa al verse obligada a estar a solas con él.

«Y no tengo intención de volver a estar a solas con él. Muy pronto ni siquiera tendré que pensar en él», pensó mientras contemplaba los árboles por la ventana. Miró la hora con impaciencia. A lo mejor la cabaña no estaba disponible, pero ya encontraría otra. Quizá no había hecho bien al involucrar a Simon. Él ya había tenido un encontronazo con Rafaele di Salis y a lo mejor era por eso por lo que estaba raro y de mal humor.

Estaba a punto de ir tras él para decirle que había cambiado de idea cuando Simon apareció por la puerta.

–He reservado para pasado mañana. El vigilante va a preparar la casa.

Simon le dio una descripción detallada de la cabaña y de cómo llegar.

–La estación más próxima es Kilrossan. Dile a la señora McEwen a qué hora llegas y te irán a buscar. Hice la reserva con tu nombre de soltera. Espero que no tengas inconveniente.

–Mucho mejor así, dadas las circunstancias. Mejor

me voy a casa y hago la maleta. Tendré que tener cuidado o Penny sospechará.

–Dile lo que quiere oír –dijo Simon–. Cuéntale que te vas a encontrar con tu esposo y que quieres darle una gran sorpresa.

–Vaya, ¿por qué no lo había pensado? –Emily se acercó en busca de un beso–. ¿Estarás bien si Raf aparece por aquí haciendo preguntas?

–No lo hará. Su orgullo no se lo permite.

–Te echaré de menos. Avísame tan pronto como todo esté despejado y volveré.

–Yo también te echaré de menos.

Simon le dio un beso apasionado. Era el primer signo de emoción que había mostrado aquella mañana y Emily intentó corresponderle, pero le resultó algo difícil.

–Lo siento, cariño. No puedo pensar más que en irme de aquí. Por cierto, ¿qué pasó con los candelabros? –añadió Emily de camino a la puerta.

Simon le había rodeado los hombros con el brazo.

–¿Candelabros?

Ella señaló la chimenea.

–Aquellos de plata que estaban justo ahí.

Simon se encogió de hombros.

–Probablemente la tía Celia los quitó antes de irse. Ya aparecerán.

Ella lo miró de reojo.

–Pareces algo deprimido.

–Escocia está muy lejos y dos semanas parecen una eternidad –dijo mirando al vacío.

–Pasarán pronto y volveremos a estar juntos. Y esta vez será para siempre.

Ya en el coche, se dio la vuelta para decirle adiós, pero no había nadie y se dio cuenta de que Simon ya había entrado. No podía soportar verla marchar. Sin embargo, en lugar de alegrarse, Emily notó que tenía escalofríos, y se preguntó por qué.

«Todo está saliendo bien», pensó Emily en el tren rumbo a Glasgow. Abandonar la finca había sido mucho más fácil de lo esperaba. Penny se tragó lo de encontrarse con Raf en Londres y una sonrisa iluminó su rostro al ver el rubor en sus mejillas, a pesar de que había sido provocado por la culpa y no por la esperanza de un feliz reencuentro.

No obstante, el ama de llaves sabía que Raf y ella ni siquiera compartían habitación cuando él se quedaba en la finca. De hecho, la única vez que Raf había entrado en su dormitorio había sido en la noche de bodas, y solo se había quedado un momento. Su padre había muerto una semana después de anunciar el compromiso, y la boda había tenido lugar un mes más tarde. La ceremonia en el Registro Civil había sido muy sencilla, y Leonard Henshaw y su mujer habían sido los únicos testigos. Después, se habían marchado a Italia de luna de miel.

–Es la tradición. Además, me gustaría enseñarte mi casa. ¿Te parece bien? –le dijo Rafaele en aquella ocasión, y Emily tragó con dificultad.

–¿No hace mucho calor en Roma en esta época?

–Hay una piscina. ¿Te gusta nadar?

De pronto, le vino a la mente la piscina de High Gables. Un Simon sonriente intentaba salpicarla a la luz del sol.

–Solía nadar pero ya no –sin duda la habría oído suspirar.

Tenía que admitir que la casa en las afueras de Roma era preciosa, aunque resultara un tanto lúgubre con los suelos de mármol y los muebles anticuados.

Era más antigua y grande que su finca, y tenía un laberinto de pasadizos y habitaciones decorados con frescos. No obstante, muchos de ellos estaban algo descuidados. Además, una mansión así requería de mucho personal para su mantenimiento. A Emily le resultó muy embarazoso que todos hubiesen esperado en fila para recibirla, rebosantes de emoción. «Si supieran que la nueva condesa es una farsante», había pensado la joven.

La acomodaron en una enorme habitación que tenía una cama con dosel, y las sirvientas no hicieron más que intercambiar sonrisas cómplices mientras extendían su mejor camisón blanco sobre el cubrecama bordado.

Emily se tensó de miedo. A pesar de las garantías de Raf, era obvio que estaban preparando el escenario en el que la nueva esposa di Salis sería desflorada. Su nerviosismo se disparó cuando descubrió que, aparte de dos puertas que daban al vestidor y al baño, había un acceso directo a la imponente habitación contigua, la cual parecía ocupada por un hombre.

Sirvieron la cena mucho más tarde de lo que esperaba y, si bien la comida fue deliciosa, Emily no tenía mucho apetito, y no fue capaz de probar el vino. Necesitaba mantenerse sobria y prolongar la cena tanto como fuera posible.

—Pareces cansada —comentó Raf mientras retiraban el postre.

—Un poquito —respondió cautelosa. Estaba muerta de cansancio, pero no iba a admitirlo.

—Ha sido un día muy largo. Deberías irte a la cama —hizo una pausa—. ¿Sabes el camino?

—Por supuesto —se apresuró a decir, por si acaso se ofrecía a acompañarla.

—Si te pierdes, llama y acudirán a rescatarte inme-

diatamente –dijo sonriendo–. Eres el centro de atención para todo el personal, ¿comprendes?

–Sí, entiendo.

Raf estaba recostado en la silla. Sus finos dedos
acariciaban el borde del vaso de vino.

–Estabas muy hermosa, *mia cara* –le dijo tranquilamente–. El vestido era maravilloso.

–No era nuevo. Ya me lo había puesto cuando papá
me llevó a Ascot – recordó con dolor lo feliz que se
había sentido al elegir aquel sencillo vestido de seda
color crema hasta las rodillas–. Espero que no te haya
importado –dijo con seriedad.

–Aunque te lo hubieras puesto cien veces, habrías
estado igual de bella.

La conversación estaba tomando un rumbo muy
personal, y Emily se echó hacia atrás en la silla mientras fingía bostezar.

–Creo que tienes razón. Debería irme a dormir.

Él también se levantó.

–Que pases buena noche.

Ella le respondió con un hilo de voz y se apresuró
hacia las escalinatas, intentando aflojar el paso para
no delatarse. Al menos no había intentado besarla y
tampoco la estaba siguiendo. Por fin respiró tranquila
al entrar en la habitación y, tras deshacerse de la doncella, se dio una ducha antes de acostarse en aquella
cama colosal. Las sábanas olían a agua de rosas, pero
Emily fue incapaz de relajarse. No hacía más que vi-
gilar la puerta de la otra habitación, preguntándose
qué haría si se abría en algún momento. Cuando por
fin se decidió a apagar la lámpara y dormir un poco,
oyó un pequeño ruido y se encontró con Raf, de pie en
el umbral. Estaba descalzo y tenía la camisa entrea-
bierta, dejando al descubierto un cuello vigoroso y la
suave piel bronceada de su pecho. Se miraron fija-

mente durante una eternidad. Emily se quedó paraliza-
da, con el corazón desbocado y la boca seca, consciente de que uno de los tirantes de encaje se le había
deslizado por el hombro. Tan solo esperaba que él di-
jera o hiciera algo. Al final Rafaele tuvo que apoyarse
contra el marco en busca de equilibrio y Emily se quedó horrorizada al pensar que estaba borracho, pero su
voz no mostraba signos de embriaguez.

–Emilia, quiero que sepas que no tienes nada que
temer. Yo no voy a romper mi palabra. La ceremonia
de hoy no cambia nada y nuestro matrimonio es un
acuerdo de negocios que puede… seguirá siendo un
simple compromiso. Cuando cumplas veintiún años,
serás libre para vivir tu propia vida y… encontrar la
felicidad.

Con una sutil reverencia, se marchó y cerró la
puerta con firmeza. Emily se quedó quieta, con la mirada perdida en el vacío y atenta a los acalorados latidos de su corazón.

Entonces las manos le habían temblado tanto como
en ese preciso instante, mientras intentaba agarrar el
vaso de café para darle un sorbo.

«¿Por qué estoy recordando todo esto?», se preguntó desesperada. «No tiene sentido porque nada va
a cambiar». Pero quizá era algo que necesitaba hacer,
aunque solo fuera para convencerse de haber elegido
el camino correcto.

No obstante, estaba claro que ser obligado a admitir
abiertamente que su esposa no estaba entre sus conquis-
tas, supondría un duro golpe para el amor propio de
Raf. De hecho, había llegado a extremos insospechados
para dar una imagen totalmente distinta de la relación.
La mañana después de la boda, Emily había sentido una
mano sobre su hombro y al abrir los ojos se había encontrado con Raf, de pie delante de la cama.

–¿Qué quieres? –le preguntó con voz ronca.

–Quería darte esto –él le entregó una cajita de cuero–. Ábrelo.

Emily se quedó sin aliento al ver el hermoso zafiro rodeado de pequeños diamantes.

–¿Un anillo de compromiso? –dijo frunciendo el ceño, asombrada–. ¿No es un poco tarde para eso?

–Es una tradición familiar. Cada conde entrega este anillo a su esposa el primer día de la luna de miel para demostrarle que ha quedado satisfecho. Quiero que te lo pongas.

El rostro de Emily se encendió de rabia.

–De ninguna manera.

–Insisto. Si todos piensan que somos felices, o que me has hecho feliz, las cosas serán más fáciles para ti aquí –él había percibido su actitud rebelde y suspiró–. Emilia, te he librado de la intimidad del matrimonio, pero me temo que has de soportar los formalismos. ¿Está claro? Ahora póntelo.

Esperaba que no le sirviera, pero el zafiro se deslizó en su dedo como si lo hubieran hecho expresamente para ella.

–¿Hay algún otra degradante costumbre medieval que debería conocer? –preguntó con arrogancia.

–Si se me ocurre alguna, te la diré –hizo una pausa–. Ahora vuelve a la cama. No te molestaré más –dijo con ironía y se marchó.

Emily se quedó dormida en pocos minutos y era casi mediodía cuando se despertó. Se bañó y vistió rápidamente, consciente del peso del zafiro sobre su mano. Tuvo que hacer acopio de todas sus fuerzas para bajar, sabiendo que estaría bajo un discreto escrutinio.

El mayordomo, un refinado señor llamado Gaspare, estaba esperándola en el vestíbulo para llevarla a la terraza. Raf ya estaba sentado a la mesa.

–*Carissima* –dijo con una voz cálida mientras se ponía en pie y avanzaba hacia ella.

Bajo la indulgente mirada de Gaspare, tomó la mano que llevaba el anillo y la besó. El roce de sus labios sobre su mejilla fue de lo más sutil, pero ella se encogió igualmente y notó que sus ojos la miraban severos.

–Otra formalidad –susurró al incorporarse–. Acostúmbrate.

Ella asintió, incapaz de hablar.

La relación siempre había sido formal, y Emily no podía sino estar agradecida por ello. Fiel a su palabra, Raf nunca había vuelto a su dormitorio. No obstante, aquella habría sido una promesa fácil de hacer al tratarse de una chica demasiado joven e inexperta para sus sofisticados gustos. Lo único que lo ataba a ella era una vieja deuda con su padre.

Pasaban poco tiempo juntos, y Emily sintió un gran alivio al comprobar que la casa y los jardines eran lo suficientemente grandes para perderse durante horas. Sin embargo, hubo momentos en que tenía que permanecer a su lado, y no podía evitar sentirse incómoda, consciente de la fría cortesía de su esposo. Durante las comidas, Raf intentaba entablar conversación, y ella le devolvía la sonrisa como si realmente fuera la esposa cariñosa y satisfecha que todos esperaban.

En cualquier caso, se sintió aliviada cuando la luna de miel terminó y pudo volver a Inglaterra. Raf ordenó una botella de champán durante el vuelo y propuso un brindis.

–Estoy orgulloso de ti, *mia cara*. No habrá sido fácil para ti.

–Gracias –dijo cabizbaja–. No ha sido tan malo después de todo. Y tu casa es maravillosa –añadió indiferente–. Pero estoy contenta de regresar a casa y volver a la normalidad.

Ambos se quedaron en silencio.

–¿Es que no tienes prisa por regresar a Italia? –preguntó Raf con curiosidad.

–Bueno, eso no era parte del trato, ¿verdad? Pensé que seguiría viviendo en Inglaterra.

–Por supuesto, si eso es lo que deseas –hizo otra pausa–. Yo esperaba que aunque no fuésemos amantes, sí podríamos llegar a ser… amigos. ¿Qué te parece?

–No creo que sea posible. Venimos de mundos muy distintos, y tú tienes una vida muy ajetreada. No tienes por qué ser amable. Estaré bien, de verdad.

–Pero habrá momentos en que tendremos que vernos. Necesitaré que seas mi anfitriona. Ya te lo expliqué.

–Sí. Otra vez los protocolos –hizo una pausa–. No tienes que preocuparte. Haré todo lo posible por cumplir con mis deberes.

–*Grazie, mia sposa* –dijo con sarcasmo y una pizca de crueldad–. Entonces eso es todo.

Y eso había sido todo. Al principio sus estancias en Inglaterra habían sido frecuentes y se había mostrado bastante exigente respecto a los deberes de la joven, pero poco a poco sus visitas se habían vuelto esporádicas.

Por aquella época, Emily encontró en los periódicos las primeras historias sobre su aventura con una prometedora estrella de cine, Luisa Danni, y se quedó desconcertada. Pero, ¿qué otra cosa podía esperar? Que ella prefiriera dormir sola no le obligaba a guardar el celibato. Como eso nunca había sido parte del trato, no podría haber acusaciones ni reproches. Emily seguiría siendo agradable. Desempeñaría su papel cuando fuera necesario y trataría de no pensar en él cuando no estuviera a su lado.

Así que decidió ignorar aquella situación y ansiar que llegase el momento cuando dejaría de ser la esposa que él despreciaba.

«Y ese momento», pensó Emily mientras contemplaba el paisaje en movimiento a través de la ventana del tren, «ese momento ha llegado».

«Mi matrimonio está acabado y no hay nada en este mundo que Raf di Salis pueda hacer para remediarlo».

Capítulo 4

ESTABA oscuro cuando llegó a Kilrossan. Emily bajó al frío andén y se detuvo un instante para aliviar la tensión de su espalda. En ese momento, un joven alto y delgado se le acercó desde la oscuridad.

–Usted debe de ser la señorita Blake –dijo sonriendo–. He traído el todoterreno.

El muchacho tomó su equipaje y ambos se dirigieron a la salida.

–Por cierto, soy Angus McEwen –añadió–. Mi tía cuida de la cabaña, pero no suele haber inquilinos en esta época del año.

–Quería encontrar un sitio tranquilo y remoto –dijo Emily, refugiándose en su abrigo de borrego.

–Bueno, eso está bien.

–Estoy completamente helada.

–Seguro que nieva –metió las bolsas en el maletero y partieron.

–Es muy amable por su parte venir a recogerme a esta hora –dijo Emily con un tono casual.

–Estoy en casa de vacaciones y me gusta estar ocupado –hizo una pausa–. ¿Cómo supo de esta cabaña?

–A través de un amigo.

–Es una pena que esté tan oscuro porque las vistas son magníficas. Muchos dicen que el desierto es hermoso también, pero a mí no me lo parece.

–¿Es ahí donde trabaja?

El joven asintió.

–Empecé en una plataforma petrolífera pero ahora estoy trabajando en Arabia Saudí –hizo otra pausa–. ¿Le gusta andar, señorita Blake? Si está pensando en adentrarse en esas colinas, debe decirle a mi tía a dónde va. Nieve o no, el tiempo puede empeorar en esta época del año, y llamar a los equipos de rescate de las montañas es muy caro.

–No se preocupe –dijo sonriendo–. He venido aquí para relajarme. Tendré bastante con algún paseo esporádico.

–En ese caso, mejor será que la ponga sobre aviso –bromeó Angus–. Mi familia dice que hablo por los codos.

A decir verdad, Emily le agradeció que guardase silencio. Aún no podía creer haber escapado tan fácilmente. La única pregunta peligrosa se la había hecho un empleado de la estación al venderle el billete.

–¿Un billete sencillo para Londres en primera clase, señora? ¿Sin vuelta?

Emily sonrió con dulzura.

–Probablemente regrese en coche.

Si Raf empezaba a indagar, eso es lo que le dirían, y en Londres le perdería la pista. No quería pensar en cuál sería su reacción al llegar a la finca y no encontrarla. Tenía por delante dos tranquilas semanas en soledad para hacer planes.

El viaje en coche pareció durar una eternidad, pero finalmente las luces del todoterreno se apagaron y Emily vio que estaban subiendo por un camino de tierra lleno de baches. El joven señaló hacia una luz.

–Esa es la cabaña Braeside. La tía le preparó algo de comer. Pan, leche, gachas de avena y cosas así. Yo le enseñaré toda la casa y encenderé la chimenea del salón. El agua y la calefacción funcionan con petróleo –prosiguió mientras Emily asentía–. La cocina funciona con bombonas porque suele haber apagones si hay mal tiempo, pero hay suficientes velas –hizo una pausa, dudando–. ¿No tiene inconveniente en estar aquí sola?

–Créame –dijo Emily, convincente–. Lo estoy deseando.

Merecía la pena haber esperado por la cabaña. Aquello era el fin del mundo, tal y como había esperado. Su refugio escocés, a cientos de millas de airados millonarios italianos.

El salón era amplio, con muebles cómodos y discretos. Había dos enormes sofás tapizados en cretona azul estampada a cada lado de la chimenea, así como una pequeña mesa y dos sillas bajo la ventana. Los muebles no eran nuevos, pero estaban relucientes y despedían un agradable aroma a recién pulidos.

Angus dejó la maleta arriba, en el gran dormitorio principal. Emily apenas pudo resistirse ante la mullida colcha que cubría la cama de matrimonio y las inmaculadas almohadas blancas adornadas con encaje. Era una pena que la hacendosa tía Maggie no pudiese arreglar High Gables, pensó Emily, y se preguntó si Simon la echaría de menos. Sin embargo, cayó en la cuenta de que apenas había pensado en él. Era absurdo que hubiese estado tan preocupada por Raf cuando todo estaba a punto de acabar.

Al reunirse con Angus en el piso inferior, el fuego ya chisporroteaba en el hogar.

–La leña está en el sótano, que es más seco. Y este fuego prende rápidamente, así que no tendrá problemas para encenderlo. Tampoco le será difícil encontrar el pueblo. Solo tiene que caminar cuesta abajo. En la nevera mi tía le ha dejado algo para la cena, por si tiene hambre. ¿Le parece bien?

–Sí. Muchísimas gracias –dijo Emily tranquilizándole–. Su tía se ha tomado muchas molestias para recibirme, y usted también.

–Oh, no es nada –Angus se puso de pie–. No olvide cubrir el fuego con la mampara antes de irse a la cama

–Por supuesto que sí. Tomaré algo de cenar y me iré a descansar.

La sonrisa del joven la hizo entrar en calor.

–Entonces, nos vemos –dijo antes de marcharse.

Emily oyó el ruido del todoterreno al alejarse por el camino.

Por fin no había más que silencio. Emily se detuvo a contemplar la cabaña, rebosante de satisfacción. Hacía un poco de frío en la habitación y los radiadores estaban apagados. Tendría que echarle un vistazo al temporizador de la calefacción.

Tras deshacer la maleta, fue a la cocina. Tal y como había dicho Angus, había un pollo fresco en la nevera, junto con algunas zanahorias y un pequeño repollo, pero por el momento tenía bastante con una lata de sopa.

Una vez caliente, la echó en un plato y regresó al salón. Justo cuando se iba a sentar, uno de los leños se desplomó sobre el fuego y la hizo saltar del susto. Más allá de la ventana, hacía una noche cerrada y Emily cerró las gruesas cortinas de color crema para ahuyentar la oscuridad… y lo desconocido. «Esto es lo que querías», pensó para sus adentros. No había por qué ponerse paranoica.

No obstante, mientras arreglaba los pesados pliegues de la cortina, se dio cuenta de que había empezado a nevar, y entonces oyó algo… el ruido de un coche acercándose a la cabaña.

«Oh, Dios», pensó. «No puede ser Angus otra vez con cualquier excusa».

Emily avanzó hacia la puerta para echar el cerrojo y oyó cómo abrían la puerta del vehículo. Unos pasos misteriosos se dirigían hacia la casa.

–Sea lo que sea lo que tengas que decir, puede esperar a mañana. Ahora me gustaría que te fueras –dijo sin aliento al tiempo que abrían la puerta de la cabaña.

–Pero qué descortés por tu parte –replicó aquel extraño con un acento demasiado familiar–. Sobre todo cuando he venido hasta aquí para buscarte.

Atónita ante lo que veían sus ojos, Emily se paró en seco y Raf di Salis entró en la casa iluminada.

La joven se quedó sin habla y apenas podía pensar. Permaneció allí de pie, mirándolo fijamente, observando cómo se quitaba los guantes. Era imposible que la hubiera localizado y seguido tan pronto. Pero sin duda estaba allí, en carne y hueso. Tenía el cabello y los hombros cubiertos de nieve, y llevaba un bolso de viaje de cuero.

–¿Te has quedado sin palabras, *mia bella*? –preguntó mientras la miraba fijamente–. Qué extraño. Fuiste muy directa cuando hablaste con mis abogados.

A Emily se le hizo un nudo en la garganta al recordar aquellas palabras temerarias. La cabaña se había vuelto pequeña y asfixiante. Además, había una rabia en su voz que la hizo temblar.

–¿Tienes frío, mi amor? –él no tardó en notarlo–. Discúlpame –cerró la puerta de una patada–. Bueno, Emilia, ¿te gusta la cabaña?

–Me gustaba hasta hace un momento. ¿Qué demonios estás haciendo aquí?

–He venido a hablar contigo, para discutir tu último ultimátum, entre otras cosas. Te lo dije en mi carta y debes de haberla leído. Si no, ¿por qué estás aquí?

–Vine para no tener esta conversación –intentó mantener la voz firme, pero la cabeza le daba vueltas.

Él se encogió de hombros.

–Pero eso no era decisión tuya –dijo, quitándose el anorak y soltándolo encima del sofá. Debajo llevaba un suéter negro de cuello alto, vaqueros azules y botas de campo.

Por lo visto él también se había preparado para el mal tiempo… y para una larga estancia. Una voz en la cabeza de Emily no hacía más que gritar «No»…

–Te dejé bien claro lo que quería Emilia. Tendrías que haberme escuchado.

–Ah, ya empezamos con el viejo tema de la obediencia.

–Hay una serie de temas que debemos discutir a su debido tiempo.

–No –dijo Emily enojada–. Vine aquí para huir de ti. O te vas o lo hago yo.

Raf caminó hasta la puerta y la abrió. Había una tormenta de nieve.

–Entonces vete, *mia cara*. Espero que sepas a dónde vas porque la noche no está para andar por ahí. Deberías mostrar algo de sensatez y admitir que esta conversación es inevitable. ¿Y bien?

Hubo un profundo silencio y Emily se dio la vuelta sin pensar, rodeándose el cuerpo con las manos.

–Veo que eres una chica lista –dijo, cerrando la puerta.

–¿Cómo averiguaste dónde estaba?

–Creo que ya sabes la respuesta.

–Supongo que se lo habrás sacado a Simon de alguna forma –Emily estaba furiosa.

–No fue necesario. Conozco esta casa desde hace mucho tiempo. Unos amigos me la ofrecieron para mi luna de miel y ahora me arrepiento de no haber acep-

tado –dijo mirando alrededor–. Es muy acogedora y
está idílicamente aislada. ¿No crees?

La sensación de estar al borde de un precipicio era
tan real, que Emily se tambaleó hasta al sofá y se sentó.

–¿Amigos? –dijo con voz ronca–. ¿Qué amigos?

–Marcello y Fiona Albero. Los conociste en Londres, pero sabía que no te acordarías. Estabas demasiado encerrada en tu mundo, *mia sposa*, como para
que te importaran las personas que te presentaba.

–Entonces Simon los conoce también –Emily tragó
con dificultad.

–El *signor* Aubrey –dijo con desprecio– solo sabía
lo que yo le dije y ordené hacer. Ya ves. Me imaginé
que intentarías evitarme. Siguiendo mis instrucciones,
él te ayudó a hacerlo y te mandó aquí… hacia mí.

–No. Él no haría eso. Simon y yo nos habíamos re-
encontrado. Teníamos planes… –su voz se rompió,
pero recobró las fuerzas–. Seguro que le tendiste una
trampa.

–Por supuesto –dijo con un tono burlón y cruel–.
Le engañé para que me dejara pagar sus deudas. Eran
considerables.

–¿Cómo sabías que debía dinero?

–Le prometí a tu padre que te protegería. Por eso
tenía que saber qué estaba tramando el *signor* Aubrey,
sobre todo cuando ignoró mi advertencia y entró en tu
vida de nuevo.

A Emily se le cortó la respiración.

–¿Me estás diciendo que le has tenido vigilado,
que lo has investigado?

–Por supuesto –dijo con energía–. Paso mucho
tiempo fuera. ¿Cómo sino hubiera obtenido la infor-
mación que necesitaba? Así descubrí sus deudas.

–Eso es una tontería –a Emily le temblaba la voz–.
Simon tiene un negocio de éxito.

–No existe tal negocio. Solo se busca la vida con astucia. Y se está quedando sin opciones. No fue culpa mía que tú fueras una de ellas.

–¿Sabes lo que estás diciendo? Me estás diciendo que el hombre al que amo solo me quería porque soy la heredera de mi padre.

–Sí. Exactamente.

–¿Y qué pasa conmigo?–dijo con la boca seca–. ¿También me tenías vigilada?

–Sí. Naturalmente.

–No creo que eso tenga nada de natural –dijo furiosa–. ¿Cómo te atreviste espiarme?

–Soy un hombre rico, Emilia, y tú eres mi esposa. En algunos círculos, eso te convierte en un blanco perfecto – se encogió de hombros–. Sabía que no aceptarías un guardaespaldas, así que solo me quedó una alternativa.

–Claro, y todo lo hiciste por puro altruismo –replicó Emily, furiosa–. Pero dime, ¿quién te vigila a ti?

–Puedo cuidar de mí mismo. Tenía que protegerte porque le hice una promesa a tu padre –hizo una pausa–. Tenía que impedir que hicieras el ridículo con Simon.

Un tenso silencio se cernió sobre ellos.

–Siento haberte hecho daño, pero ya es hora de que sepas la verdad –dijo con sequedad.

–No te creo –Emily agarró el bolso para sacar el móvil–. Voy a llamar a Simon ahora mismo y probaré que estás mintiendo.

–Hazlo, pero primero dime dónde vas a dormir.

–No vas a quedarte aquí –dijo Emily, dirigiéndole una mirada airada–. ¿Crees que voy a permitirte estar bajo el mismo techo que yo?

–No es la primera vez. Y no veo cómo puedes impedirlo. Fiona me dijo que hay dos dormitorios. ¿A cuál me voy?

Sus miradas chocaron, y Emily fue la primera en desviar la vista.

–Al de la derecha, supongo –dijo con frialdad–. Ya que no soy físicamente capaz de echarte. Pero Simon sí puede, y lo hará cuando descubra lo que has dicho. Estará aquí mañana.

–Tu fe es de hierro, pero estás malgastándola. De todos modos, llama si quieres, pero, si soy un mentiroso, ¿cómo es que te he encontrado tan fácilmente?

Emily le observó subir por las escaleras, muy confundida. Apenas podía creer lo que había dicho. Era demasiado retorcido para ser verdad. «Simon me quiere», pensó, «y Raf le guarda rencor por todas las cosas que dije a los abogados. Eso es todo».

No obstante, no podía sacarse de la cabeza el extraño comportamiento de Simon el día anterior: lo nervioso y reacio que se había mostrado al ayudarla. Era como si se sintiera culpable, o avergonzado… Cuando Raf regresó diez minutos después, aún estaba sentada, con el teléfono en las manos.

–¿Y bien? –preguntó con brusquedad.

–No hay línea –Emily sacudió la cabeza–. Deben de ser las montañas. Tiene que haber un teléfono en alguna parte.

–Solo en el pueblo –Raf se encogió de hombros–. Marcello y Fiona prefieren estar solos.

Esa palabra retumbó en la mente de Emily como una campanada. Nunca habían estado totalmente solos. Aparte de conocidos e invitados, siempre habían estado rodeados de sirvientes. En ese momento, no había nadie más excepto ellos y, al caer en la cuenta, un escalofrío le recorrió el cuerpo.

Raf echó un vistazo por habitación, y al ver el plato de sopa, hizo una mueca.

–¿Es esto la cena?

–La mía sí. No tengo mucha hambre.

–Yo sí. ¿Qué más hay para comer?

–¿Crees que te voy a preparar la comida?

–Todavía eres mi esposa, *mia cara*. Hasta ahora tus obligaciones no han sido pesadas. Además, la mayoría de las esposas cocinan para sus maridos. ¿No lo sabías?

–Todo el mundo aprendió a cocinar en mi colegio. Las monjas insistían mucho en ello –dijo indignada.

–Ah, las monjas. Eso explica muchas cosas. Por lo menos se han ocupado de algunos aspectos de tu educación, aunque no de todos.

–¿Y qué significa eso? –dijo desafiante.

–Nada. ¿Hay huevos? Tal vez podrías preparar una tortilla, ¿no?

–Podría, pero ¿debería?

–Sí, porque un hombre no puede hacer negocios con el estómago vacío –dijo suavemente–. ¿Estamos aquí para negociar o no?

Emily retiró la sopa con rebeldía y, tras echarla por el fregadero, puso al fuego la tetera. Había bolsitas de té y un tarrito de café instantáneo. A Raf no le gustaría, pero después de todo no era bienvenido, así que ¿por qué habría de importarle? Encontró una sartén y la puso a fuego suave con un poco de mantequilla. Estaba cascando unos huevos cuando Raf entró, pero no se atrevió a mirarlo.

–¿Te importa? Esta cocina es muy pequeña.

–Vine a traerte esto –puso un paquete sobre la mesa de la cocina.

Molesta, Emily reconoció una carísima marca de café recién molido.

–Sí que piensas en todo, *signore*.

–Tengo que hacerlo, *carissima*, al tratarse de ti.

Estiró el brazo hasta la balda superior de la estantería y bajó una caja que contenía una cafetera.

–Me temo que no hay cafetera exprés, pero esto servirá.

–¿Quieres dos huevos o tres? –dijo ella.

–Cuatro. Tengo que recuperar fuerzas. ¿No crees, esposa mía?

Sorprendida, Emily se dio la vuelta bruscamente y se quedó mirándolo.

–¿Qué quieres decir?

–Ni más ni menos que, si continúa nevando así, quizá tengan que desenterrarnos. ¿Qué si no? –dijo con una mueca burlona–. Y se te va a quemar la mantequilla.

Emily apretó los dientes cuando le vio irse al salón, y retiró la sartén del fuego. Después metió dos rebanadas de pan en la tostadora, llenó la cafetera y puso la mesa. Raf estaba acostado en el sofá, contemplando el fuego recién encendido.

–¿Te has dado cuenta de que no hay televisión, ni tampoco fax u ordenadores? –le dijo Emily.

–¿Eso es un problema?

–No creo que estés acostumbrado a esta falta de lujos, y no podrás controlar tus finanzas desde aquí.

–Oh, creo que sobrevivirán sin mí.

–¿Pero sobrevivirás tú?

–Durante un tiempo, sin duda –dijo mientras se estiraba despreocupado–. Y me vendrá bien relajarme. Eso es algo que no ocurre a menudo.

–Te has olvidado de las negociaciones –le recordó Emily.

–No me he olvidado de nada –Raf apartó la mirada.

Emily batió los huevos y los echó en la sartén. Por suerte, le quedaron muy buenos, esponjosos y dorados.

–Excelentes –comentó Raf al probarlos–. Tienes talentos ocultos, *mia cara*.

–Todo el mérito es de la hermana Mary Anthony –dijo con la mirada fija en el plato.

Emily comió sin ganas. Nunca le dejaría ver su miedo y lo trataría con una fría indiferencia. Cuando terminaron, Emily se opuso a que la ayudara a fregar. Ver a Rafaele di Salis con un paño de cocina en las manos sería demasiado gracioso. Además, la cocina era demasiado reducida para compartirla, especialmente con él. Cuando volvió al salón, se quedó sorprendida al ver una botella de vino y un par de copas sobre la mesita.

–¿Lo has traído tú?

–No fue necesario. Marcello tiene una pequeña bodega en el sótano para las visitas –sirvió el vino y le dio una copa–. Me dio la llave.

–Parece ser un buen amigo –dijo Emily cohibida.

No quería sentarse a beber con él, pero no hacerlo podría dar lugar a malentendidos. Dio un pequeño sorbo y puso la copa en la mesa.

«Dios mío», pensó con amargura, «esta… emboscada fue planeada con sumo cuidado». Sin embargo, poco a poco se hizo evidente que no podría haber tenido éxito sin la colaboración de Simon. Tendría que aceptarlo. Aunque quisiera, no podía olvidar los objetos que faltaban en High Gables, ni tampoco el comportamiento esquivo de Simon. «Si le hacía falta dinero, ¿por qué no acudió a mí?», se preguntó desesperada. ¿Por qué fingir que era un empresario de éxito que trabajaba fuera de casa, si al fin y al cabo ella terminaría descubriéndolo?

–Pareces enfadada, *carissima*. ¿Acaso no es de tu agrado el vino?

–Está bueno, pero no compensa la invasión de mi intimidad.

–De todos modos, nunca he sido bienvenido.

–Bueno, eso no importa ahora. Estoy segura de

que te reciben con los brazos abiertos en otros si-
tios.

Más le hubiera valido morderse la lengua. Había
roto su máxima principal haciendo referencia a las
otras mujeres. Raf no contraatacó de inmediato, tal y
como ella había temido. Se recostó sobre los cojines,
con la mirada pensativa y siguió bebiendo vino.

–¿Nunca se te ha ocurrido, *mia cara*, que intentar
huir de mí podría ser un incentivo? ¿Nunca pensaste
que iría tras de ti?

–No –dijo tajante.

–Qué poco conoces a los hombres –murmuró.

Emily se apartó el cabello de la cara con un violen-
to gesto. «Es inútil dar rodeos y al diablo con las consecuencias».

–A ti sí que te conozco, *signore* –dijo con mordacidad–. Pensaba que ya tenías suficientes… incentivos
en tu vida –respiró hondo–. ¿Por qué no dices lo que
tengas que decir, vuelves al mundo real y… me dejas
en paz?

Él se quedó mirándola un instante, y entonces recogió las copas de vino.

–Sugiero que continuemos esta conversación mañana, cuando estés más… agradable, más preparada
para razonar. Y ahora, ¿me dejas darme un baño, antes
de irme a la cama?

–Por supuesto –era solo un respiro, pero tal y como
estaban las cosas, era lo mejor que podía esperar–.
Hay… hay toallas en el armario, creo.

–*Grazie* –dijo inclinando la cabeza–. Supongo que no
hay mucha agua caliente, así que trataré de usar poca.

–No hay problema. Es evidente que tus amigos se
las apañan bien.

–Ah, es que se bañan juntos –le espetó con una fugaz sonrisa, antes de subir.

Eso era más de lo que Emily necesitaba saber. Una vez más, Raf la había pillado con la guardia baja. «¿Cómo pensé que podría desafiarle? Tendría que haber contratado a un equipo de abogados». Pero ya era demasiado tarde. Él estaba allí, dispuesto a hacerla razonar, o en otras palabras, decidido a someterla, pero ella no se dejaría apabullar. Le haría frente hasta el final. Y si pensaba que la traición de Simon haría zozobrar su voluntad, estaba equivocado.

Cuando Simon la dejó la primera vez, pensó que no podría vivir sin él, y por ello sucumbió a la insistencia de su padre, accediendo a casarse con Raf por conveniencia. Pero las cosas habían cambiado en su interior, y en lugar del dolor devastador que esperaba, sentía una gran indiferencia. «Debería estar llorando», pensó con una mueca burlona. «Quizá soy demasiado joven para que me rompan el corazón».

–A mi salud –dijo dando un gran sorbo a la copa de vino.

Aún tenía que convivir con Raf durante algún tiempo y se sorprendió al darse cuenta de que estaba sentada al borde del sofá, con los sentidos puestos en cualquier signo de su presencia en el piso superior. Se puso en tensión al oír brotar el agua del grifo de la bañera, y espero ávidamente el sonido de sus pasos de camino al dormitorio. Por fin, le oyó cerrar la puerta.

Con gran alivio, Emily cubrió el fuego con la mampara de seguridad, apagó la luz y subió tranquilamente. Esperaba encontrar el cuarto de baño lleno de agua, pero había recogido todo, y su toalla húmeda estaba colgada. La puerta tenía un destartalado cerrojo y no dudó en pasarlo antes de llenar la bañera.

Raf estaba allí tan solo por su reputación. Había herido su orgullo masculino. A lo mejor no estaría de más disculparse, alegando que se había dejado llevar por la rabia.

En cualquier caso, no podría darse el largo baño relajante que había planeado. Se secó con rapidez y se puso un viejo camisón de algodón de sus días de colegio. Caminó de puntillas hasta su habitación y titubeó por un momento ante la puerta de enfrente, pero no se oía ni un ruido. Tal vez ya se había quedado dormido.

Cerró su puerta y se apoyó contra ella. De pronto se dio cuenta de que había estado conteniendo la respiración y se quedó escuchando el imperturbable silencio. Un momento después, se acercó a la ventana y abrió la cortina. La nevada parecía intensa. Una cosa era tener un refugio, aunque hubiera resultado ser poco fiable, pero estar atrapado en una tormenta de nieve era algo muy distinto. Tiritando, retrocedió hasta la cama y se metió dentro. Se quedó mirando al techo, víctima de una avalancha de pensamientos, impresiones y fragmentos de conversación. Y todo para nada, excepto para hacerla sentirse más inquieta que nunca. Lo que necesitaba era apagar la luz y dormir. Las cosas siempre parecían más fáciles por la mañana.

En ese momento, la puerta se abrió con un leve crujido y Raf entró en la habitación. Llevaba una bata de seda negra que dejaba al descubierto gran cantidad de piel bronceada. Presa de sus temores, Emily lo miró fijamente con el hombro apoyado sobre la cama.

–¿Qué… qué quieres?

–Tenemos asuntos que discutir. ¿Recuerdas?

–Pero mañana –dijo con voz temblorosa–. Dijiste que hablaríamos mañana.

–Ya es mañana. ¿Nunca has oído hablar de los problemas de alcoba?

Se llevó las manos al cinturón de la bata y Emily retrocedió.

–No. Por favor, Raf –dijo con voz ronca–. No puedes hacer esto. Me prometiste que…

–Entonces tuve que lidiar con una niña aterrorizada –dijo con suavidad–, pero les dijiste a mis abogados que estabas pensando en volver a casarte. Supongo que has superado tus miedos infantiles y que por fin eres una mujer.

–No habrá tal matrimonio –protestó Emily–. Tú… tú lo sabes.

Raf arqueó las cejas.

–¿Y crees que eso supondrá una diferencia? Pues no. He sido extraordinariamente paciente contigo, Emilia, pero fuiste demasiado lejos con tu demanda de anulación. Quiero asegurarme de que nunca me vuelvas a ofender de esa manera.

Dicho esto se deshizo de la bata y se acostó en la cama totalmente desnudo.

–Estoy seguro de que lo entiendes –añadió.

Capítulo 5

DIOS mío.

Emily casi se ahogó al huir hacia el otro lado de la cama. El corazón le palpitaba contra las costillas, como un pájaro en una jaula. Cayó en la cuenta de que había cerrado los ojos una fracción de segundo tarde, y la imagen de Rafaele di Salis desnudo se le había grabado en la mente. También percibió la calidez de su compañía en la cama, su cercanía… Se le cerró la garganta.

—No te atrevas a acercarte a mí y no me toques –dijo frenética, intentando liberarse de las manos que se apoyaban en sus hombros.

—No seas tonta –con un gesto tranquilo pero inflexible, Rafaele la hizo mirarle a los ojos, arqueando las cejas al contemplar el camisón de cuello alto–. Veo que la educación de las monjas abarcó de la cocina a la alcoba, *cara* –dijo sin molestarse en reprimir el tono jocoso–. Así que, ¿te vas a quitar esta horrenda prenda, o prefieres que lo haga yo?

—Te estás vengando, ¿no? –dijo con voz entrecortada–. Porque tuve el mal gusto de elegir a otro hombre y hacértelo saber.

—Dicen que la venganza es dulce –dijo encogiéndose de hombros–. Quizá hoy descubramos si es verdad.

—Por favor –susurró Emily–. Por favor, no lo hagas. Tú no me deseas realmente. Lo sabes. Y ya me has castigado bastante, así que déjame ir.

–¿Sin haber probado los placeres del matrimonio? –dijo él con burla–. De ninguna manera, mi dulce esposa. La vida ofrece tan pocas novedades…

–Harás que te odie –dijo ella sin aliento.

–Yo pensaba que ya me odiabas, *mia cara*, así que no tengo nada que perder –hizo una pausa para examinar el cuello de su camisón–. Bueno, ¿quién va a hacerlo?

–¡Yo no me lo voy a quitar! –dijo Emily colérica.

–Como quieras.

Empezó a desabrochar los botones y Emily intentó agarrarle la mano para hundir los dientes en ella, pero él era demasiado rápido.

–Eres una gata salvaje –dijo riéndose mientras capturaba las muñecas de la joven con un gesto ágil y las levantaba por encima de su cabeza, dejándola indefensa.

–Si quieres morderme, Emilia *mia*, te enseñaré encantado dónde y cómo. Pero más tarde. Y me niego a hacerte el amor dentro de esta… «tienda de campaña».

Emily lo miró con ojos enormes y la cara pálida.

–¿Cómo te atreves a usar la palabra «amor»? –dijo insegura.

–¿Qué prefieres?¿Alguna vulgaridad anglosajona? –se encogió de hombros con cinismo–. Al fin y al cabo es lo mismo.

–Eres perverso –dijo Emily en un arrebato.

–Supongo que sí.

Le soltó las muñecas para sacarle el camisón por la cabeza con una destreza pasmosa, y lo arrojó al suelo. Emily trató de cubrirse hasta la barbilla con la manta, pero Raf la detuvo.

–No, *mi amore*, deseo mirarte –retiró la colcha y descubrió su desnudez a la luz de la lámpara. Emily giró la cara inconscientemente y se clavó las uñas en las palmas de las manos. «Si no le miro», pensó desesperada, «si no le veo mirándome, puedo fingir que esto… no está pasando. Y puedo soportarlo… de alguna manera, sobre todo si pienso en otra cosa».

–Tu cuerpo es como la luz de la luna, *carissima*. Más hermoso que en mis sueños.

–¿Debería sentirme halagada? –dijo sin atreverse a mirarlo todavía.

–¿No quieres que te digan que te desean? –dijo Raf agarrándola de la barbilla y haciéndola mirarlo a los ojos a pesar de su resistencia.

–Solo el hombre que amo –dijo desafiante.

Sus negras cejas se arquearon.

–*Dio*, ¿aún te importa después de todo lo que te ha hecho? Me desconciertas.

–Seguro que estaba desesperado. No tienes ni idea de lo que es no tener dinero. Siempre has llevado esta vida lujosa, y todo el mundo baila al son que tú tocas.

–Tú no estás incluida, ¿verdad? –había algo de desprecio en su voz.

–Yo también lo hice. Fui lo bastante tonta como para casarme y pensar que podía confiar en ti cuando decías que no me tocarías a menos que yo lo deseara.

Raf torció la sonrisa.

–Pensé que quizá cambiarías de opinión con el tiempo.

–Entonces estabas equivocado –Emily era consciente de que aún seguía apoyado sobre el codo, con los ojos fijos sobre su cuerpo desnudo. Aquel incesante escrutinio le provocaba una vergüenza angustiosa, y la hacía sentir vulnerable–. ¿Puedo taparme? –dijo bruscamente.

–No, *mia bella*, todavía no.

–Pero hace frío.

–Entonces acércate más –dijo con una sonrisa.

–Bueno, por lo menos apaga la luz –Emily se mordió los labios.

–Después. Pero ahora...

Se inclinó y posó sus labios sobre los de Emily. Era la primera vez que se besaban desde aquella vez, cuando se había arrojado a sus brazos creyendo que era Simon. Su beso le resultó extrañamente familiar y sintió miedo. Aún recordaba su sabor, el cálido aroma de su piel, su delicadeza... Era como si nada hubiese cambiado. Aunque finos, sus labios resultaban sensuales al acariciarla, jugueteando con las suaves curvas sin prisa pero sin pausa. Emily se hundió en un sopor que pareció invadir todos sus sentidos. En lo profundo de su ser, sintió el aleteo de una mariposa, y oyó una vocecilla que susurraba «esto es la seducción». Así supo que estaba en peligro. Raf dominaba el juego a la perfección. Había ido allí para hacerla rendirse y no se contentaría con menos. Además, la iniciación de su esposa virgen no le supondría un reto, dada su amplia experiencia. Sin duda pensaba que, antes de que terminara la noche, ella se aferraría a él, pidiéndole más y más. Pero ella le haría recapacitar. Lucharía con todas sus armas, usando su orgullo, su rabia y su voluntad para sofocar lo que estaba sintiendo, sobre todo aquella primera chispa de excitación sexual. No obstante, sabía que no podría impedir que la poseyera físicamente. Forcejear sería inútil y humillante, pero le haría ver a él que su victoria no era completa. Ella se había jactado de ser inmune a él y en ese momento lo demostraría por todos los medios. Se encerraría en alguna parte de su mente donde él no pudiera encontrarla.

Emily volvió a contar hasta veinte... Raf le recorrió los labios con la punta de la lengua, incitándoles a
abrirle paso, pero ella se resistió.

Él levantó la mirada.

–¿No? –dijo con una pizca de curiosidad.

Emily permaneció en silencio, clavándole los ojos
con hostilidad, y Raf torció el gesto con tristeza.

–Definitivamente... no –murmuró mientras la apre-
taba contra su pecho.

«Segunda fase», pensó Emily, y se sintió tentada
de decirlo en voz alta. Entonces, él le rodeó los pechos con las manos y empezó a juguetear con los pezones, en un intento por seducirla que resultaba tan
placentero como calculado. Durante un ávido instante,
ella se quedó sin habla, y casi perdió la razón. Su
mente estaba en caída libre, y un deseo desconocido
hizo despertar a su cuerpo. Él se inclinó y envolvió
uno de los sonrosados pezones con los labios, acari-
ciándolo delicadamente con la lengua. A Emily la
atravesó una ráfaga de placer y le sintió sonreír contra
su piel. Así recobró la cordura y reprimió un incipien-
te gemido en la garganta. «Oh, Dios, está tan seguro
de mí», pensó conmocionada. Estaba convencido de
que su cuerpo inexperto respondería con gratitud y
placer. ¿Por qué no había aplacado su rabia obligándo-
la con brusquedad? «No, él nunca haría eso».Además,
sabía muy bien cómo tentar y excitar, una habilidad
que sin duda había aprendido en muchas otras camas.
Pero no en la suya, nunca en la suya. No le dejaría ganar.

Emily hundió los dientes en el labio inferior hasta
probar la sangre, y se refugió en la agudeza del dolor
para evadirse de la provocación del roce de sus dedos
sobre su cuerpo. «Sería muy fácil rendirse. Tan fácil
y... fatal». Pero no podía olvidar que por su culpa to-

dos sus sueños se habían ido al traste, y por eso iba a rechazarle.

No obstante, no era capaz de controlar su propia respuesta física. Ni siquiera Simon había desencadenado tal reacción en ella. Nunca la había hecho sentir que estaba a punto de tocar el cielo. Raf empezó a empujar delicadamente con la rodilla, invitándola a separar las piernas. Cuando por fin empezó a acariciar el secreto de su feminidad, Emily se quedó rígida de tensión y apretó tanto los párpados, que chispas de colores danzaron ante sus ojos. Casi gritó de placer al sentir cómo rozaba insinuante el lugar más sensible con la punta del dedo. Entonces se dio cuenta de que estaba a punto de ceder. Desesperada, empezó a recitar versos para soportar el hechizo de su tacto, pero no era capaz de rasgar la telaraña de sensualidad que estaba tejiendo en torno a ella.

—Emilia —la voz de Raf pareció alcanzarla desde muy lejos.

Las caricias habían cesado y la observaba con ojos apagados.

—Siento que te aburro, *carissima*. Si es así, no dudes en decírmelo, o bien dime si hay otra forma de darte más placer —dijo con el rostro serio.

—Solo quiero que me dejes en paz. Nada más. ¿No lo entiendes?

—Parece que tu cuerpo no está de acuerdo —le dijo encogiéndose de hombros—. Sigue con tu resistencia pasiva, si quieres, pero aún tengo intención de hacerte mi esposa. Sin embargo, sería más fácil para los dos si cooperaras un poquito... ¿No podrías devolverme los besos?

—Si quieres algo de mí, *signore*, tendrás que tomarlo a la fuerza —dijo Emily con voz clara y tranquila—. No te voy a dar nada, ni ahora ni nunca. Has roto la promesa que me hiciste en la noche de bodas.

Él la agarró por los hombros y tiró hacia sí. Sus senos se estrellaron contra el pecho de Raf al tiempo que él buscaba sus labios y se fundían en un beso apasionado. Emily estaba sin aliento cuando por fin la dejó caer sobre las almohadas.

—Esta es nuestra noche de bodas. Aquí y ahora. Y voy a hacerte otra promesa, *mia cara*. Juro que llegará el día en que me desees tanto como yo te deseo ahora. Y entonces... que Dios te ayude.

Raf se volvió para recoger la bata del suelo, y por un instante, el corazón de Emily dio un extraño vuelco al pensar que se iba a marchar. Pero al incorporarse, vio que solo estaba buscando la protección que pretendía usar.

—Nuestro matrimonio no es permanente, Emilia. Y por tanto no debe haber riesgo de embarazo.

Se colocó de tal forma que Emily podía sentir su excitación entre los muslos, dejándola sin respiración.

—Relájate un poco, o podría hacerte daño.

—Entonces hazme daño —le espetó furiosa—. ¿Crees que me importa?

Los labios de Raf se tensaron de impotencia. Sus ojos centellearon de rabia. Y entonces la penetró con un leve movimiento e hizo una pausa, para recobrar el aliento.

—Dobla las rodillas —dijo suavemente.

A Emily le pareció buena idea obedecer. Raf se abrió camino lentamente, sin dejar de mirarla a los ojos. Ella permaneció quieta, con la mirada perdida, y apretó un puño contra la boca. Sin embargo, no sintió dolor alguno, sino unas ganas de llorar arrolladoras que la tomaron por sorpresa. Había soportado lo peor que podía hacerle y pronto habría terminado... «Pronto... terminaría pronto...»

Por un instante, él se quedó inmóvil, como si estuviera esperando algo.

–Te lo habría dado todo, Emilia.

Entonces empezó a empujar en busca del clímax con embestidas poderosas. Una chispa se encendió en el interior de Emily y, tras parpadear indecisa en alguna parte de su ser, acabó por extinguirse al tiempo que él caía en un frenesí que pronto lo haría gritar de placer.

Ambos se quedaron quietos. La cabeza de Raf reposaba entre sus senos y, cuando por fin se apartó de ella, su rostro no denotaba el triunfo que ella había esperado. De hecho, tenía una expresión pensativa, sombría... Si tenía remordimientos, no los expresó abiertamente, sino que salió de la cama, se puso la bata y dejó la habitación sin decir una palabra.

Emily hizo la cama y se cubrió hasta los hombros. Todo había terminado y, aparte de un ligero dolor, había logrado sobrevivir. A pesar de su provocación, él no había convertido la ira en brutalidad, pero sí la había humillado.

La puerta se abrió nuevamente y se dio cuenta de que había sido demasiado optimista.

–Pensé que te habías ido a tu habitación –dijo a la defensiva.

–Eso es lo que he hecho –puso una botella de vino y dos copas sobre la mesita de noche. Había algo de burla en su tono–. Mi lugar está aquí, junto a ti.

Se sentó en el borde de la cama para servirle una copa.

–Por nuestra verdadera luna de miel –dijo y bebió de su copa.

Emily se quedó mirándolo.

–¿Qué quieres decir? –preguntó sin aliento–. Conseguiste lo que querías y sé que no habrá anulación –dijo con resentimiento–. Aceptaré tus condiciones de divorcio si todo esto acaba ahora y me dejas en paz.

–¿Pensaste que después de haber esperado tres años, me conformaría con este ejercicio mediocre? –preguntó con cinismo–. Estás equivocada –dijo sonriendo–. Tienes un cuerpo exquisito y pienso disfrutar cuando y como quiera hasta que termine nuestro matrimonio.

–Pero tú viniste aquí para hablar del divorcio –dijo con tono suplicante.

–Oh, lo he pospuesto... indefinidamente.

–¿Hasta cuándo?

–Hasta que, tal vez, el hielo se derrita –dijo luciendo una sonrisa sarcástica–. ¿Lo ves, Emilia? Te has convertido en un reto.

–¿Incluso aunque te he demostrado que no te deseo, y que nunca lo haré?

–Te estás castigando a ti misma, *mia cara*. El placer de un hombre no depende de su pareja, aunque sí mejora con ello, naturalmente. «Nunca» es demasiado tiempo, Emilia, y yo ya estoy acostumbrado a esperar. No será muy difícil, sobre todo porque espero una recompensa infinita.

–Te odio –dijo Emily con voz temblorosa.

–Entonces por lo menos no me aburrirás con declaraciones de amor eterno cuando nos separemos –dijo con tono enérgico mientras tomaba la copa de Emily, que estaba intacta, y la dejaba a un lado.

Raf se sacó algo del bolsillo.

–Dame la mano.

Emily obedeció con rebeldía y Raf le volvió a poner el anillo de bodas.

–¿Dónde lo encontraste?

–En tu antigua habitación. Mis abogados me informaron de que ya no lo llevabas y pasé por allí. Por fin somos marido y mujer y quiero que todo el mundo lo sepa.

Emily se había quedado absorta al contemplar el destello de oro, pero pronto levantó la cabeza.

–¿Dijiste... antigua habitación?

–Le he dado órdenes a la señora Penistone para que prepare el dormitorio principal.

–Pero no puedes –protestó Emily presa de la angustia–. Esos eran los aposentos de mi padre.

–Sus aposentos, Emilia. No su mausoleo.

–¡No tienes derecho a dar tal orden en mi casa!

–Tengo todos los derechos que quiera –dijo mientras se quitaba la bata y se acostaba al lado de Emily–. Y a lo mejor ya es hora de que recuerde algunos de ellos –añadió con suavidad mientras posaba sus labios entre los senos de la joven.

Emily se despertó lentamente, sin saber dónde estaba, pero pronto se dio cuenta de que la luz del día ya inundaba la habitación. Parecía estar anclada a la cama, y al volverse, vio que Raf la rodeaba con el brazo. Entonces se acordó de todo y su cuerpo se ahogó en una ola de vergüenza al recordar lo ocurrido la noche anterior. «Todo lo que había dicho... Oh, Dios... Todo lo que había hecho...».

Poco a poco, comenzó a escurrirse hacia el otro lado de la cama pero él no se movió. Dejó escapar un suspiro de alivio cuando por fin tocó el suelo y se puso el camisón. Entonces caminó de puntillas hasta la ventana y contempló el paisaje. Tuvo que reprimir una exclamación al ver que la nieve seguía ahí. De la noche a la mañana todo se había cubierto de un manto blanco. Parecía que iba a estar atrapada allí durante un tiempo, y con él...

Recogió la ropa, y se marchó sigilosa. Fue al cuarto de baño y llenó la bañera con agua muy caliente.

Mientras esperaba a que se enfriara un poco, se acurrucó en una esquina con la barbilla sobre las rodillas, y trató de asimilar lo que le había ocurrido. Se sentía exhausta a causa de la inesperada tensión que había acumulado al resistirse tanto, pero su determinación no lo había detenido en absoluto. De hecho, había habido momentos en los que había sospechado que la obstinada represión de su respuesta sexual le divertía. Raf la había utilizado para su propio placer como si fuese un caro juguete, y había demostrado una desinhibición impropia de aquel frío y elegante joven con el que se había cruzado en algunas ocasiones durante los últimos tres años. Nunca podría olvidar semejante humillación.

Se arrepintió de no haber luchado contra él, golpeándole y arañándole, porque el instinto le decía que Rafaele di Salis nunca se habría rebajado a usar la fuerza. Con el picor de las lágrimas en los ojos, agarró el jabón y empezó a lavarse de la cabeza a los pies, enjabonando cada centímetro de su cuerpo hasta borrar todo rastro de él. «Hasta la próxima vez», dijo una fría vocecilla que la hizo encogerse y preguntarse cuánto más tendría que soportar. Seguro que pronto se aburriría y buscaría una amante más efusiva. «No lo tendrá difícil», pensó Emily. Se le había relacionado con Valentina Colona, una exmodelo de veintisiete años que se había retirado de la pasarela al casarse con un empresario millonario que le doblaba la edad. Durante los últimos seis meses las páginas de sociedad se habían referido a ella como «la compañera habitual» de Rafaele di Salis. Emily incluso sabía qué aspecto tenía: el pelo negro azabache, un rostro de muñeca y un cuerpo despampanante, esbelto pero voluptuoso. «Y la otra noche Raf se atrevió a decirme que yo era hermosa. Comparada con ella, soy como un palo», pensó Emily enfurecida.

Su actual comportamiento era inexplicable, puesto que se rumoreaba que la *signora* Colona sería la próxima *contessa* di Salis. La prensa rosa se había olvidado de su matrimonio con Emily, y ella había supuesto que Raf aceptaría la anulación rápidamente para librarse del problema, pero era evidente que él no lo veía así.

«Quizá no quiera que su futura esposa se lleve la impresión de que no es él quien lleva los pantalones», pensó Emily con una mueca. «Pero si realmente la ama y quiere casarse con ella algún día, ¿por qué está aquí conmigo?» Emily no entendía cómo podía engañar con otra a la mujer a la que supuestamente amaba. Había ido a la cabaña buscando venganza porque ella lo había puesto en ridículo. Pero... seguro que podía haber logrado su objetivo sin herir a quien amaba. Por otro lado, los casados con amantes probablemente tendrían que permitir cierta libertad sexual en sus relaciones, puesto que eran conscientes de las obligaciones maritales de sus parejas. Tal vez Valentina Colona pensara así, pero de todas formas debía de saber que el matrimonio de Raf había sido una farsa hasta aquella noche. Quizá no le importaba, sabiendo que obtendría la victoria final.

Emily se sintió descorazonada y notó el escozor de las lágrimas en la garganta, pero las reprimió con entereza al salir de la bañera. Fuera cual fuera su amenaza, Raf no querría alargar el matrimonio, pues no podía descuidar a su amante.

Tras secarse y vestirse, Emily se peinó mientras trataba de ignorar las ojeras que la acechaban desde el espejo. Había llevado algunos cosméticos, pero lo que realmente necesitaba era una máscara tras la que esconderse. Tarde o temprano, Raf se despertaría y ella tendría que hacer acopio de todas sus fuerzas para hacerle frente, para empezar a fingir de nuevo que no le importaba lo que le había hecho y que aguantaría el paso de los días… que hallaría una forma de soportar las noches sin rendirse ante él. Pero… ¿por cuánto tiempo podría resistirse a él? La noche anterior le había llevado toda su fuerza de voluntad ignorar la avidez de sus sentidos y seguir oponiendo resistencia. A pesar de lo mucho que había intentado distraerse, le había sido casi imposible evadirse completamente, sobre todo porque él estaba decidido a excitarla. De pronto se preguntó cómo sería Raf al hacer el amor… estando enamorado; lo tierno que sería, cómo serían sus besos, sus caricias, qué diría a su amada tras los momentos de pasión. «¿O simplemente la abrazaría en silencio, y le acariciaría el cabello con sus labios?»

Emily se detuvo, con la boca seca. Esas fantasías eran inútiles, o más bien peligrosas. Presa de un escalofrío, se apartó del espejo y bajó las escaleras, dispuesta a comenzar el primer día de aquel matrimonio que nadie deseaba.

Capítulo 6

LOS quehaceres de la casa la mantuvieron ocupada. Limpió la chimenea, preparó la leña, y después ordenó el salón. Siempre se había ocupado de su propia habitación tanto en el colegio como en la mansión, pero entonces contaba con el apoyo de un personal eficiente.

Emily pensaba que casarse con Simon no cambiaría las cosas. Suponía que Simon querría volver a Londres y que vivirían en un pequeño apartamento, pero eso no era lo que él tenía en mente.

—Me gusta trabajar en casa —le había dicho—. Y hay espacio de sobra en la mansión para montar mi propia oficina. Tú no aguantarías vivir en otro lugar, cariño. ¿Verdad?

—¿Pero no quieres que tengamos una casa propia? —había preguntado ella, algo preocupada.

—Ya la tenemos, y es preciosa. Además, ¿qué harías tú en un piso mugriento? No tienes madera de ama de casa.

«No», pensó Emily algo afligida. Ahí había tenido razón, pero su deseo de vivir en la mansión no había sido producto de una preocupación por ella. Quería creer que Simon estaba enamorado de ella y que, por una vez, todo sería maravilloso, pero nunca se había preguntado si él solo deseaba casarse con la rica heredera y con su gran mansión. «A lo mejor no me atreví a hacer muchas preguntas, por si no me gustaban las respuestas», pensó desanimada.

Emily no tardó en ahuyentar aquella triste ensoñación. Tenía trabajo que hacer y no había sirvientes en la cabaña Braeside. Todo dependía de ella, y Raf no tendría ninguna queja respecto a sus habilidades domésticas. Miró el reloj. Ya era casi mediodía, así que cocinaría el pollo para la cena y prepararía un poco de café. Llenó la tetera y estaba sacando las jarritas cuando llamaron a la puerta. Al abrirla se encontró con Angus McEwen. Llevaba una gruesa chaqueta y botas de agua por fuera de los pantalones.

—Hola —dijo con una abierta sonrisa—. Vine a ver si estaba bien, por si necesitaba ayuda para encender el fuego o algo.

—¿Quiere decir que has venido a pie? —Emily forzó una sonrisa—. Es muy amable por su parte.

—Oh, no pasa nada —dijo señalando las botas—. Estas eran de mi tío. Era muy buen pescador y mi tía Maggie siempre me ha dicho que vienen bien... ¿Sabía que alguien ha dejado un coche fuera? No recuerdo haberlo visto ayer por la noche.

—Vine directo del aeropuerto —dijo Raf por detrás de ella.

Angus desvió la mirada rápidamente, sin poder ocultar la sorpresa. Raf la rodeó con el brazo, y apoyó la otra mano en sus caderas con gesto posesivo.

—*Buon giorno* —le soltó—. ¿Podemos ayudarle?

Angus abrió la boca, pero tuvo que empezar de nuevo.

—Lo... lo siento. No, no quiero molestar. Pensé, creía que la señorita Blake estaba sola.

—Eso es lo que tenía planeado —dijo Raf, atrayéndola hacia sí—. Pero decidí sorprenderla.

Angus se puso rojo hasta las orejas, al entender el

motivo de la sorpresa. A Emily no le quedó más remedio que intervenir al darse cuenta de que el suelo no se
la tragaría.

–Angus, este es mi esposo, el conde di Salis. Rafaele, la tía del señor McEwen se ocupa de la cabaña,
para tus... tus amigos. Estaba preocupado porque estoy
aquí sola con este tiempo.

–Eso oí al bajar, y me alegro de poder asegurarle
que estás en perfectas condiciones –Raf sonreía–. Ha
dado un largo paseo –añadió cortésmente–. Tenga por
seguro que informaré a la *signora* Albero de lo bien
que se ocupa de sus inquilinos.

–Bueno, gracias –se detuvo y se sacó algo del bolsillo–. Pensé que le gustaría tener el periódico del domingo, señorita, eh, señora...

–*Contessa* –dijo Raf.

Angus se despidió, tragó saliva y les entregó el periódico.

–Acaban de decir en la radio que el tiempo va a
empeorar. Pensé que debería decírselo –dijo antes de
irse.

Raf y Emily le vieron alejarse y entonces él la empujó hacia adentro.

–¿A qué vino eso? –arremetió Emily enojada–.
¿Por qué no mandas hacer una pancarta que ponga «es
mía» en letras mayúsculas?

–No será necesario. Él captó el mensaje. Siento su
decepción, pero el ejercicio le viene bien.

–Vino para ayudar. ¿Eres incapaz de creer que alguien pueda desviarse de su camino... solo por amabilidad?

–Sí. No lo creo probable –dijo siguiéndola hacia la
cocina–. ¿Un hombre que camina hasta tan lejos con
este tiempo, para ver a una chica hermosa, sin esperar
una recompensa? Imposible.

–Tal vez no deberías juzgar a otros hombres según tus dudosos principios, *signore*.

–¿No me crees capaz de ser amable?... No me has dado muchas oportunidades de demostrar lo contrario, *carissima*.

–Si hubieras querido ser amable, no hubieras venido –Emily echó unas cucharadas de café en la cafetera con rudeza–. ¿Quieres algo de comer?

Raf se echó a reír

–Estás llena de contradicciones. ¿No prefieres dejarme pasar hambre?

–Sí, pero ocuparse de un cadáver no ha de ser fácil. Podríamos tomar unos huevos escalfados con pan –añadió en un tono afectado–. Pensé asar el pollo esta noche, si te parece bien.

–Desde luego. Así que tenemos toda la tarde para nosotros. ¿Me pregunto qué podríamos hacer?

–Podrías empezar poniéndote algo de ropa –sugirió Emily algo tensa.

–Tal vez. O en cambio podría convencerte de que te quites la tuya.

–¡No! –dijo acalorada.

–Eso es un «no» muy rotundo –su voz sonó a burla–. Ya veo por qué asustaste a mis abogados.

Emily lo fulminó con la mirada.

–Esto no es un juego. No tengo intención de hacerte un *striptease* a plena luz del día. Y si insistes, me iré de aquí. Prefiero congelarme en una tormenta antes que ser humillada.

Se quedó mirándola fijamente.

–Me sorprende que te parezca degradante desnudarte delante de un hombre. Hubo un tiempo en que lo estabas deseando.

«Oh, Dios, tenía que recordármelo. Pero yo nunca tuve intención de... ni siquiera con Simon».

–Aquel era el hombre al que amaba –hizo una pausa–. Veo que no podré evitar lo que va a ocurrir esta noche, pero por el día haré lo que quiera.

Se produjo un tenso silencio y Rafaele se encogió de hombros.

–Muy bien. Que así sea. Pero las noches son para mí. ¿De acuerdo?

Emily asintió con un gesto brusco.

–Tú también deberías hacer concesiones. Quiero que esta noche me muestres la amabilidad sobre la que hablabas hace un momento –dijo Raf y se dio la vuelta–. Y ahora, para demostrarte mi buena fe, me vestiré, pero creo que me afeitaré más tarde.

Emily se puso tensa al captar la insinuación.

–Entonces aún no te prepararé el desayuno.

–Grazie –se inclinó hacia delante de forma burlona–. Eres una esposa maravillosa.

Emily se apoyó contra el fregadero. Él le había dejado ganar la batalla, pero estaba claro que esperaba ganar la guerra. «Pero no dejaré que eso pase... Una vez se canse de mí, me abandonará», susurró Emily. ¿Pero acaso no era eso lo que ella esperaba: que se marchase de una vez?». No encontró una respuesta.

La tarde fue muy extraña. A pesar de la promesa de Raf, Emily aún se sentía intranquila. Había roto su palabra en otras ocasiones. Además, aún la atormentaba la otra promesa que le había hecho la noche anterior.

Al entrar en el salón con el desayuno, vio que Raf había encendido la chimenea, y en ese momento se encontraba arrodillado delante del fuego, añadiendo más carbón.

–Oh, iba a hacerlo yo.

–Desde ahora, me ocuparé yo –sonrió al levantarse–. Podrías quemarte y no quiero que tu admirador tenga otra excusa para venir.

–No es mi admirador.

–Ya no –dijo con una mirada seria.

Emily estaba intentando contraatacar cuando algo atrajo su atención.

–Oh, Dios, está nevando otra vez.

–Nos advirtieron de que podría nevar. ¿Cuál es el problema?

–Tu coche. Había pensado que podríamos sacarlo de la nieve y marcharnos.

–¿Adónde?

–Lejos de aquí. Ambos tenemos vidas con las que seguir.

–Y sería mejor para ti si continuáramos llevando vidas separadas, a miles de kilómetros de distancia el uno del otro –murmuró Raf–. Parece que no podrá ser. Los caminos pueden quedar bloqueados. No creo que debamos arriesgarnos solo porque no quieres estar aquí conmigo. Tú decidiste venir aquí.

–No tenía ni idea de cómo sería esto –dijo Emily–. Oh, Dios, tenía que haberme dado cuenta de que era una trampa.

–¿Es eso lo que piensas? A mí me parece muy agradable, tan tranquilo y aislado. Es un lugar ideal para empezar la vida de casados. Tal vez, si te relajaras un poco, podrías disfrutar de tu estancia.

Estaba claro que no solo se refería al paisaje, pensó Emily mordiéndose los labios.

Cuando terminaron de comer, Raf quitó la mesa y llevó todo a la cocina. Emily le siguió y se lo encontró agachado delante del frigorífico.

–¿Vas a cocinar el pollo con vino?

–No. Lo voy a asar.

–¿Te ayudo con los vegetales?

–No será necesario. Esta cocina es muy pequeña.

–Claro. Perdona mi intrusión –dijo Raf con cortesía y se marchó al salón.

Emily empezó a limpiar con frenesí, intentando retrasar lo más posible la vuelta al salón. Pero tampoco quería que la viera nerviosa. Cuando finalmente volvió, él ni se inmutó. Parecía absorto en la lectura de un periódico. Emily se acurrucó en el sofá de enfrente, con la vista fija en las vivas llamas, pero acabó mirándolo de reojo. Nunca había pasado tanto tiempo a solas con él.

–¿Sabes jugar al ajedrez? –le preguntó súbitamente, y Emily se sobresaltó.

–Conozco los movimientos básicos.

–¿Te gustaría aprender?

–No, gracias. Me gusta más el backgammon.

–Sí. Me acuerdo. Hay uno en el armario de allí, si te apetece jugar.

–Oh, no. Solo jugaba con mi padre.

–Y no podrías jugar contra otro, ¿verdad? –dijo Raf con indiferencia y volvió al juego de ajedrez.

Hubo otro silencio.

–He traído algunos libros. Están arriba. Pero no creo que te gusten.

–¿Son libros románticos para mujeres? ¿La búsqueda del hombre perfecto? –dijo con una sonrisa burlona.

–Uno de ellos es *Anna Karenina*. No creo que pertenezca a esa categoría. También tengo algunas novelas de detectives. Si quieres, puedes leerte alguna.

–*Grazie*. Aunque no hay televisión, no nos faltará entretenimiento.

–Voy por los libros –dijo Emily poniéndose en pie.

Una vez en el dormitorio, no quería mirar la cama, pero no pudo resistirse. Al ver que estaba hecha se sorprendió. Era lo último que esperaba.

Sacó la bolsa del armario y al darse la vuelta, se topó con él. «Oh, Dios. No pensaría que es una invitación, ¿no?».

–¿Qué quieres?

–Ayudarte. ¿Qué si no?

Él salió de la habitación y, tras vacilar un instante, Emily fue tras él.

–Lo siento. Pensé que...

–Sé lo que pensaste, pero estabas equivocada –dijo en un tono cortante–. Mejor dejemos el tema.

–¿Ahora ves por qué quiero marcharme? No hay espacio suficiente. Y si seguimos topándonos el uno con el otro, podría haber malentendidos.

–Solo en tu cabeza –su voz sonó cansada y se puso a mirar el contenido de la bolsa.

Emily sintió un gran alivio. Cualquier cosa que le mantuviera ocupado sería bienvenida. Finalmente pudo escabullirse hacia la cocina y comenzó a preparar la cena, pero pronto no le quedó otra cosa que hacer y tuvo que regresar al salón.

Rápidamente se vio asediada por pensamientos desagradables.

–Rafaele, ¿puedo hablar contigo?

–Por supuesto.

–No creo que quieras que vivamos juntos cuando nos marchemos de aquí.

–Eso pretendo, *cara*. Creía que te había quedado claro. Y la duración del matrimonio está por ver.

–¿Eso es todo?

–¿Qué más hay que decir?

–Yo creía que mucho –dijo Emily y respiró hondo–. Entiendo que te molestara lo de la anulación. Pero, ¿no me has castigado bastante? Déjame marchar.

–¿Creer que solo estoy aquí para darte una lección? –levantó las cejas con curiosidad.

–¿Por qué si no?

–Quizá seas una hermosa joven con un cuerpo exquisito.

Emily se sonrojó.

–Aunque fuera verdad, solo sería una más. No creas que tus alabanzas me compensarán por lo que me hiciste anoche.

–Acepto el reproche. Pero al menos cuando te vuelvas a casar, tendrás algo de experiencia.

–Qué amable por tu parte –dijo Emily con amargura–. Pero creo que prefiero quedarme soltera. Y hablando del tema, creo que quieres volver a casarte, ¿no?

–Desde luego.

Emily se inclinó hacia adelante y habló con una repentina energía.

–¿Entonces cómo es que estás aquí conmigo? ¿Qué hay de la mujer a la que amas? Supongo que la amas, ¿no?

–Sí. Pero ella también está casada y no puedo vivir con ella. Tú has resultado ser una sustituta maravillosa.

–¿Acaso no le importa que hayas decidido empezar a acostarte conmigo, después de tanto tiempo?

–Ella sabía que nuestro matrimonio era por conveniencia. Y el suyo también. Es lo suficientemente realista como para entender que hay una serie de obligaciones –la miró pasivamente–. Para nosotros, la felicidad es el futuro, y no el pasado o el presente.

–Ese es un punto de vista cínico. Yo no dejaría que

el hombre al que amo se acostara por obligación con otra mujer.

–Sobre todo si la obligación se convierte en placer. ¿Es eso lo que ibas a decir?

–No. Sobre todo si está obligando a alguien que no lo desea.

–No te preocupes, Emilia. Estoy seguro de que el hombre al que ames no hará ninguna de estas cosas. Tú llenarás su corazón por completo –sonrió–. Pero hasta que encuentres a ese príncipe, seguirás siendo mi esposa. Y cumplirás con tus deberes tal y como hago yo.

–Estás decidido, ¿verdad? No hay nada que yo pueda hacer o decir...

–No exageres. No es una sentencia de por vida.

–Pero lo parece –lo miró con resentimiento–. ¿Sabe tu futura esposa con qué frecuencia rompes tus promesas?

–Cuando me case con ella, mantendré mis promesas –dijo con una voz áspera–. Y cuando sea solo mía, no habrá otra. ¿Quieres preguntar algo más?

–No. Si ella confía en tu lealtad, es problema suyo.

«Después de todo, una mujer tan glamurosa como Valentina Colona no la vería como una rival».

–Lo siento por su marido –dijo Emily.

–No es necesario. Se conforma con lo que tiene.

–Entonces no hay nada más que decir –dijo levantándose–. Voy a ver cómo va la cena.

Una vez en la cocina, intentó dar rienda suelta a sus sentimientos cerrando la puerta con un manotazo, pero no consiguió disipar su rabia y confusión. «Tengo que alejarme de él», pensó desesperada. Pero no sabía adónde ir para que no la encontrase. Además, sus opciones económicas eran muy limitadas.

Hasta entonces, Raf se había mantenido al margen y ella había podido aplacar su resentimiento con la esperanza de que todo terminaría pronto. Pero de pronto, su carrera hacia la libertad se había convertido en una prueba de resistencia. La demanda de anulación había sido un error. ¿Qué la había hecho creer que podía desafiarle? Había querido hacerle montar en cólera, pero... ¿por qué? ¿Acaso las columnas de cotilleo habían hecho mella en ella? ¿Era esta una forma de recordarle que aún existía? ¿Pero por qué debería importarle? Se suponía que estaba enamorada de Simon.

Sea como fuere, nunca había esperado que su intento de incomodarle tuviera tales consecuencias. ¿Qué sabía ella de Rafaele di Salis, excepto que su padre confiaba en él y que estaban unidos por una misteriosa deuda? Aún era un enigma para ella. Solo sabía que sus padres habían muerto, y su padre le había advertido que a Raf no le gustaba hablar de ello. Ella debía por tanto dejar que él tomase la iniciativa, pero nunca lo había hecho...

Emily tuvo que secarse las lágrimas. No podía aparentar debilidad. Le había rogado en vano, y ahora solo podía intentar sobrevivir. «Saldré de esta», se dijo, «y cuando lo haga, no miraré atrás».

El salón estaba vacío cuando Emily entró a poner la mesa, pero Raf no tardó en aparecer por la puerta de la bodega, con unas velas.

–Oh, ¿no crees que es demasiado? –dijo Emily mientras él las ponía en la mesa.

–¿Viste parpadear las luces?

–Bueno, sí.

–Creo que nos vamos a quedar sin electricidad. Hay que ser precavido –hizo una pausa–. No quisiera tener que bajar esas escaleras en la oscuridad.

–No –dijo Emily con reservas–. Por supuesto que no.

–¿No te gusta la luz de las velas?

–Preferiría que no fuera necesaria –hizo una pausa–. Puestos a elegir, preferiría que te cayeras por las escaleras y te rompieras el cuello, *signore* –una risita contenida la siguió hasta la cocina.

La cena resultó ser mejor de lo que pensaba y se sorprendió al ver que estaba hambrienta.

–No queda mucho para mañana –dijo Emily.

–Podemos hacer sopa con los huesos, así que no te preocupes y toma más vino –le llenó el vaso de nuevo–. No dejaré que pases hambre.

Hubo un silencio.

–¿Puedo preguntarte algo?

–Tal vez. Pregunta y ya veré –dijo Raf.

–Mi padre me dijo que te habías ofrecido a casarte conmigo porque... le debías mucho.

–Era una deuda muy grande, pero eso fue lo único que me pidió en toda su vida, así que no me podía negar. ¿Satisfecha?

–No. Habría sido más fácil buscar el dinero de alguna forma.

La sonrisa de Raf se volvió una mueca.

–Es muy fácil decirlo –dijo y se levantó–. Voy a hacer café.

Tras la cena, Emily intentó distraerse leyendo un libro, pero era incapaz de concentrarse. No hacía más que mirar el reloj de pared, contando los minutos al mismo tiempo que las manecillas. La cuenta atrás había empezado y pronto tendría que rendirse una vez más. Raf parecía absorto en la lectura, pero ella sí deseaba irse a la cama y apenas podía reprimir los continuos bostezos.

–¿Por qué no admites de una vez que estás cansada? –resultó que sí la estaba observando. Había cerrado el libro y se había recostado sobre el sofá.

–No lo estoy –dijo Emily.

La sonrisa de Raf se hizo más expresiva.

–Me alegro.

Dicho esto, se levantó para apagar las luces y comprobó que la puerta estaba cerrada, pero Emily se quedó inmóvil, con el corazón en vilo. Entonces él la tomó de la mano y la hizo ponerse en pie.

–Es hora de irse a la cama –dijo tranquilamente y la condujo al dormitorio.

Capítulo 7

EMILY se quedó de pie en medio de la habitación, esperando a que sus caricias le despertaran los sentidos una vez más y ella tuviera que resistirse, pero no estaba segura de ganar la batalla. Raf le soltó el pelo suavemente, deslizando los dedos entre los mechones. De alguna manera, era lo más íntimo que había compartido con él.

Empezó a besarle el cuello y Emily sintió que se estremecía. Lo sabía todo acerca de las mujeres y ella no podía mostrar debilidad si no quería sucumbir a su seducción.

–No me hagas esperar mucho –le susurró al oído y se apartó para desvestirse.

Esperaba que ella hiciera lo mismo, y a Emily no le quedaba nada que esconder, pero aún se resistía a desnudarse en su presencia. Finalmente se dio la vuelta para quitarse el suéter y los pantalones.

Él se le acercó silenciosamente por detrás. Le quitó el sujetador y besó las marcas que había dejado sobre su espalda. La atrajo hacia sí lentamente y ella apoyó la cabeza contra su pecho. Sus besos recorrieron el cuello de Emily al tiempo que le acariciaba los pechos. Entonces deslizó una mano hacia abajo y la acarició entre los muslos.

–Para, por favor –sus caricias cesaron.

–Dime algo, Emilia. ¿Por qué temes tanto el placer?

–No es temor –se apartó de él y respiró hondo–. Te llevas tres años de mi vida, destruyes mis esperanzas de felicidad, y finalmente te acuestas conmigo. ¿Acaso tengo que estar agradecida, y dispuesta? –sacudió la cabeza.

Raf permaneció callado durante un momento y de pronto la soltó. Caminó hasta el otro extremo de la habitación y se metió en la cama, pero Emily se quedó inmóvil, resistiendo el impulso de cubrirse.

–Voy a hacer un trato contigo –dijo, mirándola a los ojos–. Bésame y no te pediré nada más esta noche.

–¿Me dejarías dormir a cambio de un beso? –Emily se sorprendió.

–Eso he dicho.

–Pero pensaba que querías… –ella sabía que él la deseaba.

–Sin duda. Pero ya no puedo tratarte con la ternura que mereces, por tu inexperiencia –añadió con frialdad–. Así que merezco algo de gratitud si mi único deseo es un beso. Te estás saliendo con la tuya. ¿Aceptas?

–Supongo que sí.

–Bien –esperó durante un instante, observándola con ojos expectantes.

Emily se inclinó y rozó sus labios contra los de él fugazmente.

–Eso no es un beso. Ya hay suficiente hielo afuera.

–Siento que no estés satisfecho…

–Bueno, los dos sabemos que eso no es verdad. Puedes intentarlo de nuevo –le acarició el pelo.

Emily no tenía escapatoria.

–Bésame otra vez, como me besaste aquella noche en casa de tu padre.

–Pero entonces pensaba que eras... otra persona.

–¿De verdad? –preguntó con cinismo–. Muchas veces me he preguntado cómo sería posible. Pero si es más fácil para ti fingir que soy otra persona, ni siquiera preguntaré su nombre.

Cada vez la acercaba más a sus labios, y por esa vez, Emily se dejó llevar por un largo beso. De pronto, la echó a un lado y se puso encima de ella. Comenzó a besarla ávidamente y Emily se quedó sin aliento. La razón parecía haberla abandonado. Quería devolverle aquellos apasionados besos y explorar el contorno de su boca tanto como él.

Entonces se apartó súbitamente.

–Mucho mejor –dijo mientras le recorría la mejilla con la punta del dedo–. Ahora duerme. Que tengas dulces sueños.

Raf apagó la lámpara y Emily se escurrió hasta el extremo opuesto de la cama, aún incapaz de calmar su corazón palpitante. Se sentía avergonzada ante su debilidad, y también sorprendida de que Rafaele hubiera mantenido su palabra.

Sin embargo, Emily sabía que no había salido bien parada de todo aquello. Había algo a lo que tenía que hacer frente. «Aquella noche…»

Esas palabras la atormentaban. Raf había insinuado que ella se había arrojado a sus brazos sabiendo que no era Simon. Pero eso era una tontería. «Estaba oscuro y yo era muy joven. Era a Simon a quien esperaba, pues sabía que Raf estaba con Jilly. Y tan pronto como me di cuenta de mi error, le empujé violentamente». De todos modos, las cosas nunca tenían que haber llegado tan lejos, y Rafaele no tenía derecho a insinuar algo así. Ella nunca habría querido averiguar cómo era estar entre sus brazos, ser digna de sus besos…

Emily se estremeció al darse cuenta de que nunca había podido librarse de aquel recuerdo. Sabía que de-

bía mantenerse alejada de él porque quizá no podría...
confiar en sí misma. No había engañado a Simon,
pero era consciente de que entonces había estado cer-
ca del peligro y nunca había logrado borrar aquella
chispa de deseo. Además, esa no era la única vez que
había sentido algo así.

En la noche de bodas, se había estremecido al verlo entrar en el dormitorio. Al principio estaba asustada, pero sabía que eso no era todo. Por un momento
casi olvidó que se había casado con ella por obligación, y Rafaele se encargó de recordárselo.

A pesar de repetirse una y otra vez que debería
sentir alivio porque no la deseaba, a Emily le había resultado difícil mostrarse indiferente durante el primer
año de matrimonio. Y había tenido sueños que no quería recordar.

Y así, a medida que sus visitas disminuían y los rumores empezaban a circular, Emily se convenció de
que aquello había sido un arrebato temporal. Cuando
Simon regresó, se alegró de poder decirle que no había habido otro en su vida, y que podían empezar de
nuevo.

No obstante, en el fondo sospechaba que para Simon ella solo había sido un medio para lograr su objetivo. «La heredera de mi padre, en busca del amor en
lugares inusitados».

Emily cerró los ojos y volvió a abrirlos. «Aquella
noche...»

Era la primera vez que Raf lo mencionaba. Hasta
entonces se había comportado como si nunca hubiese
ocurrido. Pero aquello no significaba nada. Solo era
una forma de reafirmar su poderío masculino. No era
más que otra estratagema para humillarla.

Emily nunca mostraría debilidad alguna ante él.
Haría acopio de todo el control de que era capaz, y ya

no habría más momentos de curiosidad o flaqueza ante él. Sin duda un día se cansaría de ella y quería marcharse con la cabeza muy alta. «Y ahora», pensó, «tengo que olvidarme de él y tratar de dormir».

Tras una noche plagada de pesadillas, Emily abrió los ojos con los primeros rayos del alba. Se sentía cómoda y relajada, pero notó que ya no estaba en el otro extremo de la cama. Durante la noche se había abrazado a Raf. Con la cara sobre su espalda, aún podía sentir el cálido aroma de su piel.

Se quedó inmóvil, sin atreverse siquiera a respirar, consciente del palpitante galopar de su corazón. ¿Cómo era posible? Había sido cosa de ella porque Raf no se había movido. Poco a poco se fue apartando con sigilo, intentando no despertarle, y tuvo que reprimir un suspiro de alivio al salir de la cama. De puntillas, buscó el camisón y se lo puso. Abrió las cortinas y miró afuera. Había nevado durante la noche y aún caían algunos copos. Los radiadores estaban helados y hacía un frío tremendo. Seguramente la caldera no estaba funcionando bien. Eso era justo lo que faltaba.

Bajó a la cocina y se puso a preparar café, fuerte y muy caliente. Abrió las cortinas del salón, acomodó los cojines del sofá, y recogió los vasos de la noche anterior. La cafetera ya tendría que estar hirviendo, pero estaba fría. De pronto se acordó de lo que había dicho Angus respecto a los cortes de luz.

–¿Tienes frío?

Esas suaves palabras la hicieron volverse bruscamente. Raf estaba parado en el umbral y parecía divertirse observando cómo iba vestida.

–¿No es obvio? –dijo Emily. Él solo llevaba una toalla alrededor de las caderas.

Su sonrisa fue triunfal. Caminó hacia ella y le rodeó la cintura con los brazos.

–Deberías haberte quedado en la cama conmigo. Hoy estoy de muy buen humor.

–Espero que siga así –dijo Emily intentando liberarse–. Sobre todo cuando te diga que no hay electricidad.

–*Davvero?* Bueno, no es el fin del mundo.

–¿Ah, no? No creo que te encante estar sin luz ni calefacción.

–Tenemos una chimenea, velas y cocina –se encogió de hombros–. La vida sigue.

–Pero no hay agua caliente. Ni siquiera puedo darme un baño. Oh, Dios, ¿por qué demonios vine a este lugar?

–Creo que esa es una pregunta que deberías contestar tú misma. Una vez tu padre me dijo que te había mimado demasiado. Empiezo a pensar que tenía razón.

–No te atrevas a mencionar a mi padre. ¿Qué crees que pensaría de ti si supiera que has roto tu palabra?

–Me pidió que te diera tiempo. Sabía que yo no esperaría para siempre. Él pensaría que nos hemos acostumbrado el uno al otro y que ya estamos pensando en tener niños. Bueno, dejémonos de tonterías y seamos prácticos –abrió el armario y sacó varias cazuelas–. Si te quieres bañar, lo puedes hacer. No será un baño de lujo pero es lo mejor que podemos hacer.

Emily arrugó la nariz con incredulidad.

–¿Vamos a subir el agua caliente… en recipientes?

–No. Yo voy a hacerlo por ti, *contessa* –sacó un cazo pequeño–. Y antes de que preguntes, este es para el café. Creo que lo voy a necesitar.

–Por eso bajé, para hacer café…

–Creo que no –dijo esbozando una sonrisa irónica–. Bajaste porque te diste cuenta de que habías pasado la noche acurrucada a mi lado, de tal forma que tuve que hacer acopio de todo mi autocontrol para resistirme.

Pasó por delante de ella, y se puso a llenar de agua el recipiente.

–Mejor deberías esperar arriba. Asegúrate de poner agua fría en la bañera. No quiero que te quemes.

Pero Emily ya estaba ardiendo de pies a cabeza. No soportaba que la creyese una niña mimada. «Me sorprende que no haya pedido ver mis notas, o examinarme los dientes», masculló la joven al subir las escaleras. «Abrazarle durante la noche no significa nada. Mejor que no se haga ilusiones».

No obstante, Emily siguió su consejo y echó agua fría en la bañera. Una vez en el dormitorio, preparó la ropa que se iba a poner. «Tantas capas como sea posible», pensó. Y no era solo por el tiempo…

Acababa de hacer la cama cuando apareció Raf.

–Su baño está listo, *signora* –hizo una pausa–. Tengo que decirle a Gaspare que contrate una doncella con músculos.

–Eso no es necesario.

–No estoy de acuerdo –le echó otra mirada a su camisón–. La doncella también examinará tu ropero y hará una lista de lo que necesitas. Y nada de ropa interior negra.

«No se le olvida nada», pensó Emily con amargura.

–Muchas gracias, pero mi ropa es adecuada para la vida que llevo.

–Pero no para la vida que llevarás conmigo.

–¿Y dónde se supone que he de comprar la ropa nueva?... ¿Tal vez en Valentina X?

Hubo un silencio fugaz.

–Por supuesto. Si eso es lo que deseas. Aunque creo que la *signora* Colona es para gustos más sofisticados.

Calló un momento para que lo asimilara y después sonrió.

–Pero la elección es tuya. Cualquier diseñador italiano estará encantado de recibir a la *contessa* di Salis.

–Qué emocionante. Ahora discúlpame. Se me está enfriando el baño.

Se metió en la bañera y empezó a frotarse bruscamente con el jabón. Desafiarle con lo de la amante no había dado frutos. Él ni se había inmutado y ella habría parecido joven y estúpida. «Pero no celosa. Oh, por favor, celosa no», rogó con los ojos cerrados.

Oyó crujir el parqué y, al volver a la realidad, se encontró con Raf, que había entrado en el cuarto de baño con otra cazuela.

–Así está bien, gracias –dijo, intentando sumergirse en el agua–. El agua está bien así.

–No para mí. Me gusta más caliente –se quitó la toalla y entró en la bañera.

–¿Qué estás haciendo?

–Lavándome –le extendió una mano–. El jabón, por favor.

Aturdida, Emily se lo entregó.

–¿Es que no tienes respeto por mi intimidad?

–La tendrás, cuando ya no haya que cargar agua y vuelva la electricidad –dijo mientras se enjabonaba el pecho y los hombros–. Hasta entonces, habrá que compartir.

–Gracias, pero he terminado.

Le resultaba embarazoso dejar la bañera y exponer su desnudez a la sardónica mirada de Raf, pero de alguna manera lo consiguió y se cubrió con una toalla.

–¿Te importaría lavarme la espalda antes de irte?

–No –Emily se mordió los labios–. En absoluto.

–La otra noche no te desagradó tocarme.

–Porque aún estaba fingiendo que eras otra persona. Resulta que funciona muy bien –le espetó y salió de la habitación.

Capítulo 8

EMILY se acurrucó en la punta del sofá. Había puesto a hervir los huesos de pollo con algunas verduras, pero aún estaba por ver si aquello se convertiría en una sopa. Además, había notado que, aparte de calentar el agua, Raf había limpiado la chimenea y encendido el fuego, pero ella no quería sentirse agradecida, sino avivar su resentimiento. La noche anterior había dormido a su lado, se había dejado llevar, pero no sabía por qué. Debía de haber sido culpa de aquel profundo beso…

Pero todo había terminado. Tenía que borrar el recuerdo del tacto de su piel, olvidarse de cómo encajaban sus cuerpos…Y sobre todo, tenía que hacerse inmune a su físico. No había podido ignorar la belleza de su cuerpo desnudo, que la había hecho derretirse de deseo al tiempo que la hacía sentir avergonzada, y asustada. Era por ello por lo que le había soltado aquel comentario antes de escapar. No podía dejar que la tocara, pues podría delatarse a sí misma en cualquier momento.

Le oyó bajar las escaleras y se tensó, en espera de algún contraataque, pero Raf se estaba abrochando el anorak y apenas la miró. Por un instante, Emily pensó que se marchaba, pero se dio cuenta de que no llevaba bolsa alguna.

–¿Vas a salir?

–Voy al pueblo a por algo de comer. No podemos sobrevivir con unos huesos de pollo.

–¿No es peligroso salir con esta nevada?

–No. Si no, no lo intentaría.

—Entonces voy contigo –dijo Emily poniéndose de pie.

–Últimamente pareces disfrutar de mi compañía –dijo con una mueca–. ¿O es que esperas encontrarte con tu admirador?

–No seas absurdo. Estoy harta de estar aquí encerrada.

–El camino es algo inseguro. Es una pena no haber traído los esquís. Ah, pero creo que tú no sabes esquiar.

En ese momento, Emily recordó haberle dicho eso cuando la invitó a pasar el año nuevo en Las Dolomitas el primer año de matrimonio.

–Es una pena que no se lo dijeras a tu padre. Se gastó mucho dinero mandándote a Suiza con el colegio cada invierno. Y todo para nada.

Esperó a que el rubor acudiera a las mejillas de la joven.

–Creo que hay unas botas de goma en el sótano. Son muy grandes. Las ratas han mordisqueado las puntas, pero pueden servir.

–Me las arreglaré con las mías.

Al final no fue así. Emily terminó resbalando y acabó cubierta de nieve hasta las rodillas. Lo peor fue que tuvo que agarrarse al brazo de Raf para no caerse.

–Esto no es una buena idea. Te llevaré de vuelta antes de que te rompas algo.

Al verlo desaparecer por el camino desde la ventana, no pudo evitar sentirse abandonada y se arrepintió de no haberlo intentado con las botas de goma. Parecía que se había ido para siempre, y Emily estuvo en vilo toda la mañana.

Empezó a deambular por toda la casa, buscando algo que hacer. Por suerte, la sopa de pollo olía muy bien, y estaba removiéndola con una cuchara cuando por fin oyó la puerta. Raf estaba poniendo dos bolsas encima de la mesa cuando ella entró en el salón.

Emily reprimió el alivio que sentía.

–Te tomaste tu tiempo –dijo finalmente.

–Si quieres, puedes ir tú la próxima vez –arqueó las cejas con altanería–. Pero no creo que lo hagas mejor. En la tienda, no hay mucho donde elegir. No hay ajo, ni hierbas frescas, ni aceite de oliva, ni pasta, excepto la de lata. No me extraña que Marcello y Fiona traigan sus propias provisiones y salgan a comer fuera muy a menudo. Si no fuera por el tiempo, habríamos hecho lo mismo.

–Si no fuera por el tiempo, me habría ido hace tiempo, *signore*.

–Si te complace pensar eso, *signora*.

Raf empezó a sacar los alimentos.

–Están congelados –dijo Emily algo sorprendida–. ¿Cómo es posible?

–La tienda tiene un generador de emergencia –sacó un paquete de lonchas de jamón y suspiró–. Pero la señora me dijo que la luz volverá hoy y que se espera el deshielo para el fin de semana –esbozó una sonrisa–. Me refiero solo al tiempo. ¿Entiendes?

–Raf, por favor. No puedo evitar ser así.

–No estoy de acuerdo. Creo que no tienes ni idea de cómo podrías ser. Y tampoco quieres descubrirlo. Pero eso es cosa tuya.

Una vez sola, Emily guardó la compra con manos temblorosas y lágrimas en los ojos.

¿Pero por qué lloraba?, se preguntó. Como había dicho Rafaele, ella ya había elegido, y todo lo que tenía que hacer era mantenerse firme. Aquello no era más que un juego para él, y pronto se cansaría, pensó Emily con un nudo en la garganta.

No fue un día fácil. Raf se mantuvo ocupado y ella trató de hacer lo mismo en el interior de la casa. Añadió el resto del pollo a la sopa, y también le puso patatas y puerros hasta conseguir un caldo espeso y sabroso.

—Excelente —dijo Raf al terminar el segundo tazón de sopa—. Trabajar al aire libre da hambre.

—¿Has terminado de cavar?

—Aún no. He decidido hacer un camino.

—Estarás agotado —Emily habló sin pensar y se sonrojó al oírle reír.

—Eso es lo que esperas, pero me temo que te llevarás una decepción.

Emily intentó distraerse jugando a las cartas, pero no terminó el juego y fue a la cocina.

Se dispuso a preparar la cena. La carne aún estaba congelada, así que decidió usar las salchichas. A la plancha, estarían mejor y podría acompañarlas de una salsa con cebolla.

Cuando Raf volvió, Emily ya había encendido la chimenea del salón y también las velas. Se sentó en el sofá para quitarse las botas y se quedó sorprendido cuando la vio llevarle una taza de café recién hecho.

—Eres la esposa perfecta.

Emily se dio la vuelta y se mordió los labios.

«Excepto en una cosa», pensó ella. Sin duda él creía que era cuestión de tiempo. Mientras se hacía la comida, se sentó enfrente de él y fingió leer. Raf parecía enfrascado en un problema de ajedrez y Emily se atrevió a lanzarle miradas de vez en cuando. Él habría encajado mejor en otro siglo, vestido con un traje de seda y terciopelo. Podía imaginarlo en un patio renacentista, con la mano apoyada sobre la empuñadura de una espada, o galopando a la cabeza de un ejército, rumbo a una ciudad recién conquistada... Emily tuvo que frenar sus fantasías, y no pudo sino reírse de sus propias tonterías.

–¿En qué estás pensando?

–¿Por qué preguntas?

–Porque tus pensamientos te están haciendo reír y eso es toda una novedad.

–Solo me preguntaba cómo se las arreglaría la gente en el pasado cuando no tenían más que velas.

–Tendrían la vista destrozada. Pero creo que usaban muchas velas. Flamantes arañas de luces y relucientes candelabros. Sería espectacular.

–Y peligroso.

–También. Pero sigo preguntándome qué estabas pensando.

Emily dejó a un lado el libro y se levantó.

–Ahora mismo pienso que debería echar un vistazo a la cena –dijo con una seca sonrisa.

–Salchichas *grillées* –anunció al ponerle el plato delante.

–Creo que me estás engañando.

–En absoluto. Pero no creo que sean las exquisiteces a las que estás acostumbrado, *signore*.

–No tengo motivos para quejarme, *signora*.

Fue el rato más agradable que habían pasado hasta entonces. Hablaron de sus comidas preferidas y de los peores platos que habían probado, pero Raf le ganó con creces al describir los exóticos manjares que había comido en el Lejano Oriente.

–Solo hay fruta de postre. Puedes tomar una manzana o una manzana –dijo Emily.

Él fingió meditarlo durante un segundo.

–Creo que tomaré una manzana.

De vuelta a la cocina, Emily miró por la ventana y dejó escapar un grito.

–Veo luces. ¡Genial! Ha vuelto la electricidad. Enciende la luz.

–¿Seguro? La luz de las velas es más suave. Da más… ambiente.

Pero ese no era el tipo de ambiente que ella deseaba, pensó.

–No quiero terminar ciega.

–No –Raf dio al interruptor y la cocina se llenó de luz–. Voy a mirar la caldera.

–Y el agua. No querrás cargar más cacerolas.

–Ah, incluso eso tuvo una recompensa –tomó una manzana y se fue al sótano.

Una cosa era repetirse a sí misma que ya había pasado por lo peor, pero creérselo era algo muy distinto. Le preocupaba cómo pasar el tiempo hasta la hora de dormir, y tenía miedo de volver a quedarse absorta observándolo. Ya no era la misma joven desafiante que había llegado dos noches antes. Desde su matrimonio, había aprendido a considerarle un extraño. Durante el primer año, le habían llovido las invitaciones, y todos habían esperado conocer a su esposo, pero las había rechazado todas con la excusa del trabajo de Raf. «No somos una pareja», había querido decir en muchas ocasiones.

Y así sus visitas habían disminuido y le había sido más fácil no pensar en él. Pero en tan solo dos días había vuelto a su vida en todas los sentidos posibles. Se estaba acostumbrando a su presencia, e incluso disfrutaba de ella. «Si no estuviéramos casados, podríamos

haber sido amigos», pensó con tristeza. Entonces recordó que una vez le había ofrecido su amistad, y ella
lo había rechazado, pero no podía recordar el porqué.

Tenía que encontrar la forma de mantenerle a raya.
Un simple dolor de cabeza no funcionaría. A lo mejor
debería intentar convencerle de que estaba perdiendo
el tiempo, hacerle ver que debía volver con su amante.

—¿Por qué estás mirando al vacío? —su voz la hizo
saltar del susto.

—Estaba pensando que debería dejar la colada para
mañana. Estoy muy cansada.

—*Davvero?* —la expresión de su rostro era irónica—.
Entonces, tan pronto como tomemos el café, nos iremos a la cama.

—No quería decir eso.

—No. Por lo menos eso es verdad. Ya es hora de
que hablemos un poquito, Emilia. Espérame junto a la
chimenea.

Aquello fue una orden, no una petición, y algo en
su voz indicaba que era mejor no desafiarle. Con rebeldía, Emily se fue al salón y se sentó en el sofá, presa de gran expectación. Quizá había llegado a la misma conclusión que ella y había decidido poner fin a
aquel desafortunado matrimonio.

Cuando él regresó con el café, no se sentó enfrente, sino que lo hizo al lado de ella.

—No quiero café, gracias.

—Tienes miedo de que te mantenga despierta —dijo
con tono burlón mientras se servía una taza.

Emily lo fulminó con la mirada, furiosa por el descaro que exhibía mientras se tomaba el café. Finalmente, le oyó poner la taza sobre la mesa y se puso
tensa.

—Emilia, mírame por favor.

—¿Es necesario que hablemos?

–Yo creo que sí –dijo vacilante–. Soy el primero en admitir que nuestro matrimonio empezó con mal pie y yo tengo la culpa.

–Me alegro de que seas consciente.

–Nuestra vida juntos se fue al traste aquellos primeros días y noches –la tomó de las manos, acariciando sus rígidos dedos–. Pero eso podría cambiar… tan fácilmente.

–Podría. Si te marcharas y me dieras el divorcio.

–Yo creo que hay una alternativa. Quizá podríamos ser felices juntos.

Raf le acarició la cara con las puntas de los dedos, siguiendo la curva de su cuello.

–¿No crees que, si realmente quisiera, podría hacerte un poco más dócil?

Sus oscuros ojos la miraron con ternura. Emily se quedó sin aliento al darse cuenta de que el conde di Salis podía hacer con ella lo que quisiera. «Oh, Dios, ¿qué me está pasando? ¿Cómo puedo pararlo antes de que sea demasiado tarde?», pensó Emily desesperada. Raf la rodeó con el brazo.

–No me rechaces, Emilia. Déjame amarte esta noche.

–Hace poco insinuaste que estaba un poco mimada, *signore*. Creo que esa larga lista de mujeres también te han mimado hasta hacerte creer que eres irresistible. Pero para mí no lo eres. No voy a sacrificarme para darte una hora de diversión.

Hubo un profundo silencio y Emily sintió cómo el brazo que la rodeaba se convertía en una barra de hierro.

–¿Una hora? No lo creo. Después de todo no vamos a hacer el amor. Unos minutos bastarán. Y no necesitamos una cama.

Antes de que pudiera protestar, la tumbó sobre la

alfombra y le quitó los pantalones. Sin aliento, Emily trató de resistirse.

–¿Qué haces?

A Raf no le fue difícil controlarla y le separó los muslos con la rodilla.

–¿A ti qué te parece? No estás dispuesta a rendirte, *signora*. Prefieres cerrar tu corazón y tu mente, así que esto es lo único que puedes esperar.

–Oh, Dios, no puedes… –Emily se quedó sin voz al sentir como se abría camino hacia su interior con una embestida, y permaneció inmóvil, aturdida, esperando el momento culminante.

Cuando terminó, Raf se quedó quieto durante unos instantes y entonces susurró algo.

–Esto no puede ser.

Por fin se apartó y le volvió a poner la ropa con una indiferencia que la dejó helada. Emily quería estar enfadada e insultarle, soltarle algo que lo hiriera, que lo hiciera pagar por haberla tratado así. Pero no le salían las palabras, y en cambio sintió un profundo deseo de tenderle una mano. Hubiera querido llamarle por su nombre pero no pudo, porque Raf habló primero.

–Ahora márchate por favor –su voz sonó cruel mientras se ponía los pantalones. Ni siquiera la miró–. Dijiste que querías dormir. Bueno, vete a la cama. No te molestaré.

Emily se puso en pie y huyó hacia las escaleras. Una vez en la habitación, se apoyó contra la puerta cerrada e intentó calmar su corazón desbocado. Había querido seducirla pero ella se lo había impedido. Misión cumplida, pero… «¿A qué precio?»

Habría sido un alivio poder desquitarse llamándole «animal». Pero sabía que eso no era verdad. Lo que le había hecho solo había sido una demostración de poder sin pasión. «Prefieres cerrar tu corazón y tu mente…» Las palabras de Raf la atormentaban. Eso era lo que ella se había propuesto hacer desde el principio. «Esto es lo único que puedes esperar…»

«Dios, ¿será eso verdad? ¿Podré soportarlo?». Seguro que no trataba así a las otras, así que pronto se cansaría y volvería las andadas, con sus amantes…

Por el momento, Emily no podía permitir que la encontrase así al entrar en la habitación. No le dejaría verla flaquear, así que se desvistió deprisa y se metió en la cama. No sería capaz de dormirse antes de que él entrara, pero sí podía fingir.

Tras lo que pareció una eternidad, Emily le oyó subir y dirigirse al cuarto de baño. La joven cerró los ojos y se escondió aún más bajo las mantas, esperando que la puerta se abriese. Entonces, oyó un sonido inesperado: la puerta de la otra habitación. Y así se dio cuenta de que esa noche dormiría completamente sola.

Capítulo 9

«CREÍ que iba a haber un deshielo», se dijo Emily mientras miraba por la ventana de la cocina. Habían pasado tres días y aún no había llegado. Las tormentas de nieve se sucedían día tras día y por la noche tenían temperaturas bajo cero. Ese día, el cielo estaba algo más despejado y el sol incluso asomaba por momentos. Pero si bien el paisaje fuera de la cabaña era invernal, en su interior era glacial. No podía quejarse. Había venido a Tullabrae buscando aislamiento, y lo había conseguido durante la mayor parte del tiempo. Sin embargo, esa primera noche sin Rafaele se le había hecho muy larga, a pesar de repetirse una y otra vez que aquella había sido su mejor victoria hasta el momento y que podría relajarse el menos unas horas.

Pasó una noche muy agitada, y no hizo más que acabar en el otro lado de la cama, donde debería haber estado Raf. Lo había herido con sus palabras y la mañana siguiente bajó con la intención de disculparse, pero se encontró con la casa vacía.

Raf regresó al cabo de dos horas, y cuando ella le preguntó adónde había ido, la miró con arrogancia.

—Creo que es hora de ponerse en contacto con el mundo real y necesito usar el teléfono de la tienda del pueblo. ¿Hay algún problema?

—No. Por supuesto que no. Solo sentía curiosidad.

Los labios de Raf dibujaron una mueca.

–Pensé que solo sentirías alivio.

Por la tarde salió de nuevo y Emily no se atrevió a preguntar cuándo volvería. Esa se convirtió en su rutina diaria y a Emily le parecía que sus visitas al pueblo eran cada vez más largas. Además, parecía esforzarse por mantener las distancias, sobre todo durante la noche, y siguió durmiendo en la otra habitación. Aún comían juntos, pero siempre hablaban de banalidades. Emily echaba de menos su agradable compañía, porque los silencios eran mucho peor que las bromas y tensiones.

Por su parte, ella trató de pasar el mayor tiempo posible en su habitación con tal de parecer ocupada. Algunas veces leía, y otras hacía crucigramas, pero muy a menudo se tumbaba sobre la cama y se ponía a pensar en cómo soportar aquella situación. Era incapaz de dormir hasta oírle subir y cerrar la puerta de la otra habitación, y su vigilia empeoraba al ser consciente de que él yacía tan solo a unos metros de distancia.

A la mañana siguiente, le molestó descubrir que él se disponía a salir una vez más.

–¿Te estás preparando para una cita? –preguntó mientras le veía ponerse las botas y el abrigo.

–¿De qué estás hablando?

–Esas salidas… Pensé que habrías conocido a alguna guapa escocesa.

–No hables como una cría –le soltó con frialdad y se marchó.

Emily miró el reloj, tratando de no aventurar la hora de su llegada. Había hecho la colada y tenía que sacar la ropa de la secadora, así que se dispuso a bajar al sótano, pero de pronto oyó un ruido que la hizo saltar del susto. «Dios mío. ¿Se ha caído la chimenea?».

Se puso el abrigo y las botas de goma que antes había rechazado y salió a echar un vistazo. Un gran montón de nieve se había desplomado desde el tejado, y de pronto le vino a la mente la última nevada intensa que había caído sobre su casa de Inglaterra. Tenía once años y había hecho un muñeco de nieve más alto que ella misma. Le encantaba asomarse a la ventana y verlo en pie como un centinela.

Raf la había llamado cría, y ahí estaba de acuerdo con él, pues sin duda era más seguro que ser considerada una mujer. Empezó a amontonar la nieve hasta convertirla en una columna, pero los hombros no le salieron demasiado bien. Logró poner una gran bola de nieve a modo de cabeza y dos montoncitos de carbón hicieron las veces de ojos, boca y botones. Finalmente, puso una zanahoria en el lugar de la nariz.

–Pues sí que estás guapo –exclamó entre risas–. O por lo menos podrías estarlo…

Quitó la zanahoria y la volvió a poner al final de la fila de botones.

–Qué artístico –dijo Raf acercándose.

Emily se sobresaltó pues no le había oído llegar. Su irónica mirada examinó el muñeco y, encogiéndose de hombros, prosiguió hacia la cabaña.

–¡Imbécil! –una explosión de rabia la hizo agarrar una bola de nieve y lanzarla contra Raf.

Él se paró en seco y se dio la vuelta, con la cara blanca de incredulidad. A ella le centelleaban los ojos.

–¿Te has quedado sin palabras, *signore*? –Emily lo desafió y la expresión de Raf se tornó divertida.

–Desde luego sí sé qué hacer, *signora* –agarró un montón de nieve y avanzó hacia ella con la clara intención de dejarlo caer por dentro del anorak de Emily.

–¡No! –gritó Emily y empezó a correr, pero aque-

llas bastas botas de agua la hicieron resbalar y caer–.
¡Déjame en paz! –a Emily se le cortó la respiración
cuando Raf la agarró y la puso boca arriba –. Oh,
Dios. ¿Cómo te atreves…?

–¿Un desafío? –su tono de voz sonó burlón. Aquellos copos de nieve se acercaban peligrosamente a su
escote–. Deberías ser más lista.

Emily trató de empujarle, pero al mirarle a los ojos
se quedó quieta, incapaz de apartar la vista. Algo pasó
entre un latido de su corazón y el siguiente. Raf soltó
la nieve y Emily dejó de luchar. Le agarró de los hombros y ambos se fundieron en un apasionado beso. Raf
la atrajo hacia sí y su beso se hizo tan desesperado,
que Emily perdió la cordura. Podía sentir la excitación
de él, así como su propio deseo.

Por fin, se incorporó y, tomándola en brazos, se di-
rigió a la cabaña. Las enormes botas se le salieron y
quedaron olvidadas en la nieve. Empujó la puerta con
los hombros para entrar y, tras dejar a Emily sobre el
suelo, la cerró de una patada.

Tras despojarse de aquellas ropas húmedas, Raf la
apoyó en la puerta y se hundió en su interior, llenán-
dola por completo y haciéndola vibrar con cada centímetro de su piel. Emily le rodeó la cintura con las
piernas y él empezó a moverse lentamente, haciéndola
sentir un impulso sexual hasta entonces desconocido
para la joven. Consciente solo del tacto de sus labios y
de la fuerza masculina que unía sus cuerpos, Emily
sintió sensaciones que jamás había soñado. Tocó el
cielo. Tocó el infierno. Era una agonía y un tormento
que desembocaba en un placer infinito: todo un abani-
co de sentimientos más allá del control de su mente.
No quería que parara nunca, porque si lo hacía, se mo-
riría. Y sin embargo, sabía que habría un final. Raf
empezó a moverse más rápidamente y cada embestida

resultaba más profunda e intensa que la anterior, hasta que de repente, una gran ola de placer la arrastró, y se aferró a él mientras se ahogaba en el éxtasis más puro. Mientras su cuerpo gozaba con aquellos gloriosos espasmos de placer, Raf perdió el control y soltó un gemido profundo. Cuando la última oleada de placer hubo terminado, Emily se inclinó hacia delante y se apoyó sobre su cuello. Un rato después, la llevó en brazos hasta la alfombra y se tumbó a su lado. Apoyado sobre un hombro, le acarició todo el cuerpo hasta que Emily lo miró a los ojos.

–Ahora ambos lo sabemos, ¿no? –dijo tranquilamente–. Ya no volverás a fingir que no me deseas. A partir de ahora compartiremos cama y harás lo que yo quiera. *Capisci?*

Emily se quedó de piedra. Le estaba diciendo que había ganado. Y eso era todo lo que le importaba. Probablemente estaba acostumbrado a dejar a las mujeres embelesadas tras hacerles el amor.

–Sí. Lo entiendo. ¿Eso es todo lo que tienes que decir?

–¿Qué quieres oír? ¿Que siempre supe que había fuego bajo el hielo, aunque te esforzaras por esconderlo? ¿Y que merecía la pena esperar por ti? Todo es cierto –había algo de burla en su voz–. Ha sido mejor que en mis sueños.

Emily no sabía qué había esperado oír, pero sí sabía que no era aquello.

–¿Puedo vestirme ya? –susurró Emily.

–Me debes tres años de placer –Raf sacudió la cabeza con sorna–. Tienes una gran deuda. Y ahora que nos hemos recuperado un poco, estoy deseando repetir la experiencia –dijo acariciándole los pezones con los labios.

Lo hubiera dado todo con tal de escapar de él, pero

era demasiado tarde. Ya volvía a sentir la llamada del deseo en su interior.

–Creo que estaríamos más cómodos si fuéramos a la cama –Raf se puso en pie y le extendió una mano. Se quedó mirándola un momento y Emily tuvo que bajar la vista, para que no notase su confusión.

Pensó que él iba a decir algo, pero en cambio la condujo hasta las escaleras y Emily no dijo ni una palabra. Su corazón empezó a latir con fuerza y ya no podía controlarlo. Había sucumbido ante él y no tenía remedio, incluso aunque supiera que llegaría el día en que ya no la desearía más. Entonces, se tumbaron en la cama y Raf la tomó entre sus brazos, ahuyentando así todos su pensamientos.

El agua de la bañera estaba tibia y Emily se metió en ella con gran alivio. Se sentía vacía y exhausta. El mero recuerdo de lo que había ocurrido la hacía ruborizar. Nunca había imaginado que sería capaz de tal desenfreno. Raf había sido muy generoso al contener su propio placer para darle satisfacción. Y podía haberlo hecho desde el principio si ella se lo hubiese permitido. Ese era sin duda el secreto de su éxito con las mujeres y ella debía tener muy presente que solo era una entre tantas. Le había oído susurrar toda clase de elogios, pero Emily sabía que no eran verdad.

Le dejó durmiendo, porque a pesar del cansancio, no era capaz de yacer a su lado, pero no obstante se detuvo a contemplarle junto a la cama. ¿Cómo había podido pensar que no le deseaba? La tentación de darle un beso era muy fuerte, pero pudo contenerla y se fue a dar un baño.

No quería hacerse ilusiones. Había visto las caras de la gente cuando la habían presentado como la esposa de Raf di Salis, y había oído la pregunta que jamás se atrevieron a hacer: «¿Qué ve en ella?».

Lo que él veía era un desafío que se había desvanecido al entregarse a él. ¿Acaso no era eso lo que Emily había temido? Desde el principio había sabido que perdería su independencia con una rendición incondicional. «Una gran deuda...» Esas habían sido sus palabras. ¿Y qué pasaría cuando hubiera pagado su deuda?

Emergió del agua súbitamente, casi sin aire. Sabía muy bien la respuesta a esa pregunta. Él se desharía de ella de la forma más cruel. Y no es que no la hubiera advertido. Raf le había dicho que algún día la haría desearlo, y que no tendría piedad cuando eso pasara. «Yo estaba tan segura de demostrar que estaba equivocado», pensó Emily.

Salió de la bañera y tras secarse se puso el albornoz de Raf. El aroma de su colonia impregnaba toda la prenda, y respiró hondo. Se detuvo al pie de la escalera y echó un vistazo al salón, revuelto tras la escena amorosa. Entonces oyó un extraño ruido: la lluvia había empezado a caer; el deshielo por fin había llegado. Pero Emily no se había dado cuenta hasta ese momento. En los brazos de Raf, se había quedado absorta. «Y podríamos marcharnos si quisiéramos. Pero debería quedarme», pensó.

Se fue a la cocina para llenar la tetera. Acababa de ponerla sobre el fuego cuando oyó acercarse un coche. Resultó ser Angus en el todoterreno. «Oh, maldita sea», murmuró Emily mientras corría hacia el salón para quitar de la vista la ropa desperdigada. Cuando Angus llegó a la puerta, Emily ya le esperaba con la puerta abierta.

—Oh, hola —dijo Emily aún sin aliento. Angus parecía algo serio y le traía las botas de goma.

—Las encontré fuera.

–Oh, gracias.

–¿Se encuentra bien?

Llevar puesto un albornoz a esa hora del día solo podía significar que estaba enferma.

–Sí. Iba a lavarme el pelo.

Angus sacó un montón de papeles.

–Mi tía me dijo que le trajera estos documentos a su esposo. Son la respuesta a los mensajes que envió esta mañana. Normalmente viene a recogerlos por la tarde, y mi tía estaba un poco preocupada.

–¿Hay un ordenador en la tienda?

–Sí. Pensé que lo sabía. Debe de haber hecho la reserva con él.

–Ay, sí. Por supuesto. Se me había olvidado. Pero debe de ser de su tía, y no de uso público.

–Su esposo es amigo de la señora Albero y ella era una Lomax antes de casarse, así que mi tía hizo una excepción. Además, él paga muy bien. Mi tía dice que tiene que tener mucho dinero. Pasa tanto tiempo hablando por teléfono con Italia. ¿No está en casa?

–No puede atenderle en este momento –dijo Emily mientras rezaba para que Raf no apareciera de pronto.

–Entonces mejor se los doy a usted. Están en italiano. Y aquí están sus mensajes de teléfono.

Al recibir los documentos, Emily no pudo evitar mirar la lista de nombres y sus ojos se posaron sobre uno de ellos en tres ocasiones. «Valentina». Emily cayó presa de una gran angustia y sintió una voz en su interior que no hacía más que repetir las mismas palabras. «Oh, no. Por favor…»

Pero, ¿qué esperaba? Solo había practicado el sexo con Raf y él no le había prometido nada. Aún tenía intención de vivir la vida a su manera.

–Supongo que se marcharán pronto –había impaciencia en la voz de Angus.

–No sé qué planes tenemos.

–Bueno, su hombre le dijo a mi tía que regresarán a Roma tan pronto como el tiempo mejore y se espera que deje de nevar mañana.

«Él no es mi hombre», Emily había querido gritar. «Puede que le pertenezca ahora, pero no es mío y nunca lo será». Se dio cuenta de que Angus la estaba observando con confusión.

–Es una pena que no haya podido salir más durante su estancia. Quizá pueda regresar en otra ocasión.

–Quizá. ¿Quién sabe?

Le vio volver al todoterreno y se despidió. Entonces dobló la lista y la guardó entre los e-mails, pues no quería que Raf supiera que los había visto. Tomó uno de los sobres que había visto sobre la repisa de la chimenea, y metió los documentos dentro.

Después, recogió toda la ropa y se la llevó arriba. Raf estaba despierto cuando entró en la habitación y la miró de arriba abajo con una sonrisa burlona.

–Por fin regresas. Te he echado de menos.

–Pensaba que estabas dormido.

–Algo me despertó. ¿Un motor, tal vez?

–Seguro. Vino Angus McEwen.

–¿Para qué?

–Te trajo esto –le entregó el sobre–. Emails y otras cosas. No apareciste por la tarde y su tía pensó que podrías necesitarlos.

–Por si no te acuerdas, tenía cosas más importantes de las que ocuparme –la agarró de la muñeca y la tumbó sobre la cama–. Creo que ya es hora de que me des el albornoz –dijo mientras desataba el cinturón.

Emily trató de alejarse.

–Necesito que me lo prestes un rato más. La tetera estará hirviendo y tengo que hacer café.

Cuando terminó de prepararlo, Raf ya estaba listo

para salir. Tenía una expresión sombría, y estaba claro que se le había pasado al arrebato de pasión. El sobre asomaba por el bolsillo de su chaqueta.

–Voy a prepararlo todo para viajar a Roma. Espero irme por la mañana. ¿Puedes estar lista entonces?

«Entonces Valentina solo tiene que mover un dedo…», pensó Emily mientras la atravesaba un dardo de dolor.

–Sí. Por supuesto. ¿Puedes llevarme a la estación? Todavía tengo el ticket de vuelta.

Raf aún estaba en la puerta y se dio la vuelta bruscamente.

–¿Tren? –dijo frunciendo el ceño–. ¿De qué estás hablando?

–Te vas a Italia. Y yo… me puedo ir a casa.

–Por supuesto, pero a mi casa de Roma –su tono no admitía protestas–. Eres mi esposa y tu lugar está a mi lado.

–Pero seguro que… –Emily se detuvo.

–¿Seguro qué? ¿Hay algo más que quieras decirme?

«Sí», pensó Emily, «pero ¿cómo empiezo?».

–No pasa nada –dijo al final.

–Creo que sí pasa, pero no tengo tiempo.

De todas formas, fue hacia ella y le dio un profundo beso que la hizo arder de deseo. Cuando por fin la soltó, tenía una sonrisa traviesa.

–Más tarde –susurró antes de salir.

Aún la deseaba, así que iba a llevársela consigo. Pero el suyo no era un derecho exclusivo. La hermosa Valentina lo esperaba en Italia…

Con la mirada perdida, Emily no pudo evitar pensar que quizá aquel beso apasionado era el comienzo de un triste adiós.

Capítulo 10

AL día siguiente, Emily terminó en un avión rumbo a Roma. La primera vez que había viajado con Raf tras la boda, aún estaba muy afligida por la muerte de su padre, y conmocionada al verse casada con un extraño. Entonces había perdido el control de su propia vida, y se había sentido tan nerviosa como en ese momento.

–¿Pasa algo? –le preguntó Raf.

–Me preguntaba si podría pedir que me mandaran mi ropa.

–¿Por qué? –Raf arqueó las cejas.

–Porque no puedo arreglármelas con las pocas prendas que me llevé a Escocia.

–Eso no será necesario. Puedes tirarlas. Yo voy a decirle a la señora Penistone que se deshaga de toda tu ropa. Y mañana, te llevaré de compras –añadió sonriente.

–No hace falta. Prefiero mis prendas.

–Pertenecen al pasado. Ya no eres una niña que vive en el campo, sino mi esposa, la *contessa* di Salis, y debes vestirte adecuadamente.

–Pero ser tu esposa es un arreglo temporal. Y siempre lo fue. Que ahora tengamos relaciones sexuales no cambia nada.

–¿No? –dijo en un tono áspero–. Pensaba que sí, pero ya veo que fue una estupidez.

«No», pensó Emily. «Se suponía que yo era la tonta que se rendiría extasiada ante tanta destreza sexual». Por un momento, le vino a la mente la noche anterior, y la ternura con que la había tratado, con todos los sentidos puestos en hacerla disfrutar. Sin duda esa era una de sus habilidades: hacer sentir única a cada mujer con la que se acostaba.

–De todos modos, de ahora en adelante te vestirás de acuerdo a tu estatus. Y también para complacerme. No obstante puedes quedarte lo que llevas puesto. Me trae recuerdos muy gratos.

«Entre otros muchos que nada tienen que ver conmigo», pensó Emily con el corazón encogido. «Hipócrita, hipócrita…»

–Como quieras –Emily hizo una pausa–. ¿Qué crees que pensara la gente cuando aparezcas conmigo después de llevar tres años haciendo vida de soltero?

–¿La gente? Que piensen lo que quieran. No me importa en absoluto.

«Qué arrogancia», pensó ella.

–Pero tampoco quieres que sepan toda la verdad, ¿no? –bien podía haberse mordido la lengua antes de hablar.

–Hablas con acertijos. ¿Qué significa eso?

–Solo que todo el mundo tiene que rendir cuentas a alguien en esta vida, *signore*. Incluso tú.

–Quizá. Pero hace mucho tiempo decidí que solo he de rendirme cuentas a mí mismo.

–Y es por eso por lo que me veo obligada a ir a Italia, en donde ni siquiera hablo la lengua.

–Te buscaré un profesor.

–No creo que pase allí el tiempo suficiente para amortizar tal gasto.

–Pero hablar otro idioma es siempre útil. Ahora, si me disculpas, tengo trabajo que hacer –dijo mientras sacaba unos papeles de su portafolios.

Emily se entretuvo mirando por la ventana del avión. Aún no podía creérselo. Haría falta mucho más que un viaje en primera clase y un armario lleno de alta costura para convencerla de que se había convertido en la condesa di Salis. Además, en Roma todo el mundo conocería a Valentina Colona, y sin duda saldría perdiendo en las comparaciones. Pero no quería competir, no cuando sabía que ya había perdido. ¿Qué sería de ella cuando el deseo de Raf se desvaneciera? Un infierno de soledad la estaba esperando, pero sabía que debía enfrentarse a su futuro inmediato, y con un tipo de vida para la que apenas estaba preparada. Tendría que hacer oídos sordos para sobrevivir.

Emily lo miró de reojo. Raf parecía absorto en sus documentos y no se volvió a mirarla, pero, consciente de su atención, se llevó la mano de la joven a los labios y no la soltó hasta que aterrizaron. No significaba nada, pensó Emily. Pensaría que estaba nerviosa. Eso era todo. Sin embargo, una vocecita en su interior no quería que la dejase marchar. «Nunca me dejes. Nunca me dejes, amor mío…». Por un instante, Emily se quedó sin aliento, sin fuerzas. No entendía cómo aquel simple gesto había bastado para hacerla comprender que estaba enamorada… profundamente enamorada de él.

Era un amor que se remontaba a mucho tiempo atrás, un amor que había intentado negar durante tres largos años. Pero había fallado… Era imposible determinar cuándo Rafaele di Salis había conquistado su corazón, pero de algún modo había ocurrido y tenía que acostumbrarse a ello. Se había convencido de que lo odiaba porque temía reconocer sus sentimientos. Entonces había sido demasiado joven y no había querido rendirse incondicionalmente a él, porque sabía que si lo deseaba Raf tenía el poder de destruirla. Había sido mucho más fácil creer que Simon era el hombre al que amaba, y lo había utilizado para sacar a Rafaele de su mente. Pero no había funcionado, y cuando Simon se marchó, tuvo que aprender a mantener las distancias con Raf, para sobrevivir a ese amor. Le había echado de su lado intencionadamente y se había dicho que le era indiferente, cuando en realidad estaba destrozada, muriéndose de celos. La única garantía de supervivencia había sido mantener un matrimonio solo de compromiso, y había logrado su perdición al pedir una anulación, pues la intuición le había dicho que Raf no dejaría pasar tal insulto a su virilidad.

No podía sino asumir las consecuencias y seguir guardando el secreto de su amor. «No puedo hacer nada», pensó Emily, «excepto prepararme para que me rompan el corazón y fingir que no pasa nada. Y todo esto porque me tomó de la mano…».

El cielo de Roma estaba nublado y llovía a cántaros cuando llegaron. Emily se entretuvo mirando las gotas de lluvia por la ventanilla del coche de camino a la casa que compartirían durante unas semanas, meses… Sin duda no serían años y cayó presa del pánico al contemplar lo que le esperaba. «Oh, Dios. ¿Cómo dejé que esto pasara?», pensó desesperada.

—Estás muy callada. ¿Estás cansada?

—Un poquito.

No era verdad. Tan solo se sentía muy triste y aturdida. La repentina revelación de sus sentimientos hacia él la había tomado por sorpresa.

—He hecho algunas obras en la casa. Espero que sean de tu agrado. He pasado poco tiempo en ella durante los últimos años, y no me daba cuenta de lo sombría que podía parecer…

«A un extraño…». Esas palabras no fueron dichas pero parecían estar en el aire. Ella no era más que una extraña en la casa, y no debía olvidarlo jamás.

–Si quieres que cambie alguna otra cosa, no tienes más que decírmelo.

«No me importa lo sombría que es. Viviría en un agujero con tal de que me amaras…»

–No. Seguro que está preciosa –dijo Emily mientras ahogaba sus pensamientos.

–Siento no poder estar allí cuando la veas. Tengo que regresar inmediatamente a la oficina.

–¿Me vas a dejar sola el primer día? –la pregunta se le escapó antes de poder reaccionar.

–No tengo elección. Tengo una reunión muy importante y otros asuntos de los que ocuparme.

«¿Estaría Valentina Colona entre ellos?».

–Por supuesto. Lo entiendo.

–No lo creo, *mia cara*. No quiero dejarte.

–Ya te lo he dicho. No pasa nada.

–No. Sí que pasa –la rodeó con el brazo y comenzó a acariciarle el pecho–. ¿Qué puedo hacer para compensarte? –con la otra mano le agarró la barbilla y la hizo besarle.

–¡Raf! Para. El conductor puede vernos.

–Hay una pantalla en medio. Te prometo que no verá nada –deslizó la mano por debajo de la falda de Emily y empezó a acariciarle la rodilla.

La joven trató de encontrar una excusa con la que detener esa deliciosa tortura, pero era demasiado tarde. Todo su ser se estremecía de deseo. Había perdido el juicio, la mente…

Su mano recorrió la silueta de Emily hasta robarle el aliento y empezó a acariciarla con las puntas de los dedos hasta llegar al lugar más íntimo de su feminidad. Emily tembló de excitación, y Raf la retuvo ante el ardiente precipicio del éxtasis hasta hacerla gemir. Y por fin, cuando pensaba que sus agotados sentidos no podían aguantar más, alcanzó la cima del placer.

Un rato después, notó que el coche estaba aminorando la velocidad, al pasar por unas grandes puertas de hierro. Emily vio a Gaspare, que sostenía un enorme paraguas delante de la entrada principal.

—Le doy la bienvenida, eccelenza, y también a usted, *vossignoria*. Estamos encantados de verla de nuevo.

—Grazie.

—¿Hago que traigan el café al *salotto, eccelenza*?

—La condesa está cansada por el viaje. Creo que iremos a descansar un rato. Ven conmigo, *cara*.

Con el rostro encendido por el rubor, Emily dejó que la condujese por las monumentales escalinatas y a lo largo del amplio pasillo hasta llegar a la suite del señor. La habitación principal había sufrido cambios importantes. Las paredes estaban recién pintadas, y las ventanas y la cama estaban cubiertas con luminosas cortinas color marfil. Al darse la vuelta, vio que Raf estaba cerrando la puerta con llave.

—¿Qué demonios estás haciendo? —preguntó furiosa.

—Pareces enojada. Si tienes algo que decirme, prefiero que sea en la intimidad.

—Sí que tengo algo que decir. ¿Cómo te atreves a tratarme así? Juegas conmigo a tu antojo.

—Si eso es lo que crees, tienes que perdonarme. No era mi intención.

—¿Entonces qué pretendías?

—Pensé que podría… darte placer.

—¿Pensaste que quería ser…utilizada, humillada?

—No. Ni se me pasó por la cabeza —Raf hizo una pausa y su voz se volvió seca—. Pero ahora veo que cometí un error. Tu comportamiento me confundió. Escondes tu rechazo muy bien.

Esa puya se la merecía y Emily apartó la vista rápidamente, intentando esconder el rubor de sus mejillas.

–Te odio –dijo con furia.

–Eso me da igual –le soltó burlón–. Pero guárdate tu odio para el día. Tengo otros planes para la noche.

–¿Y por cuánto tiempo? ¿Cuántas noches tendrán que pasar para que deje de ser una novedad?

Raf se quitó la chaqueta y comenzó a aflojarse la corbata.

–¿Quién sabe? En este momento, para mí eres un territorio desconocido que estoy deseando explorar, pero te alegrará saber que no tengo planes a largo plazo, así que tu tortura terminará algún día.

–Entonces termínala ahora. Déjame volver a Inglaterra y sigue con tu vida aquí. No importa cuánto debieras a mi padre. Nada justifica que me obligues a vivir así. Procuremos no tener algo más de lo que arrepentirnos. Da por pagada la deuda y déjame irme a casa.

–No es una cuestión de dinero. Nunca lo fue –dijo tranquilamente, mientras se desabrochaba la camisa–. Y solo me arrepiento de una cosa: de no haberme acercado a ti antes de la boda. Si lo hubiera hecho, me habrías recibido en tu cama la noche de bodas en lugar de tratarme como si fuera un monstruo. Pero es inútil lamentar el pasado, y no tengo intención de dejarte marchar, Emilia. Eres mi esposa, y mientras lo seas, este será tu hogar. Y no olvides que consumaremos nuestro matrimonio una y otra vez, aquí y ahora.

–Pero no puedes –la voz de Emily sonó rota–. Tienes trabajo, una reunión. Tú lo dijiste.

Raf se encogió de hombros.

–Todo eso puede esperar. Tengo una cita mucho

más importante contigo. Sin embargo, me aseguraré de recompensar a los afectados por las molestias –añadió con una mirada pícara–. Y a ti también, *mia bella*, porque es de día y estoy invadiendo tu intimidad.

–¡No quiero nada de ti!

–¿No? –Raf se quitó toda la ropa y se acostó en la cama. Su piel bronceada resplandecía con aquella luz tenue–. Ven aquí, amor mío, y demuéstramelo –sonrió–. Si puedes.

Cuando Emily se despertó, estaba atardeciendo y hacía mucho rato que Raf se había marchado. Se había despedido de ella con una caricia y un beso en la frente, pero eso no disculpaba el modo en que la había tratado. A pesar de sus súplicas, la había hecho caer en un desenfreno de pasión. Y era muy doloroso amarlo sabiendo que él solo deseaba su cuerpo, y que nunca le ofrecería más que sexo. Para Rafaele, el amor no era una opción, y ella tenía que aceptarlo y no esperar nada más.

De pronto, advirtió una presencia en la habitación. Una muchacha gordita a la que jamás había visto había recogido su ropa sucia y se dirigía al vestidor.

–Un momento –Emily se cubrió con la sábana–. ¿Quién eres? ¿Y qué vas a hacer con la ropa?

La chica se giró bruscamente. Tenía una cara redonda y unos ojos casi negros.

–Soy Apollonia. Estoy aquí para atenderla, *vossignoria* –dijo haciendo una reverencia.

«Oh, Dios mío», pensó Emily con el corazón encogido. «Esta debe de ser la doncella con la que Raf me amenazó. No pensaba que iba en serio. Pero aquí está».

–Pero yo no he pedido que venga nadie, Apollonia. A lo mejor deberías haber esperado a que te llamara.

Apollonia se encogió de hombros.

–*Lo stesso, eccomi, signora*. ¿Quiere que le prepare un baño?

Emily vaciló y se sintió tentada de decirle que era perfectamente capaz de llenar la bañera. Pero la sirvienta solo estaba haciendo su trabajo, y debía dejarla hacerlo hasta tener oportunidad de hablar con Raf. Además, no tenía intención de presentarse desnuda delante de una extraña.

–Muy bien, Apollonia. Está bien. Quizá podrías conseguirme una bata.

La joven no le devolvió la sonrisa.

–Querrá vestirse para la cena. ¿Qué desea ponerse?

–Me temo que no tengo donde elegir. Toda mi ropa está en Inglaterra, así que me las arreglaré con lo que me traigas.

Apollonia asintió con gesto inmutable. Fue al vestidor y le trajo un albornoz que debía de ser de Raf.

Tras un delicioso baño, Emily se puso las prendas que Apollonia le había preparado y se dispuso a bajar. No la recibieron con miradas cómplices o sonrisas indiscretas, y Gaspare la estaba esperando para abrirle la puerta del *salotto*. Los enormes muebles habían sido sustituidos por elegantes antigüedades, y los siniestros retratos habían desaparecido de las paredes recién pintadas. El hogar despedía un calor acogedor y el café ya estaba servido.

–¿Qué le parece? ¿Es de su agrado? –Gaspare parecía preocupado–. Antes… demasiado oscuro… muy triste.

–Está fantástico –respondió Emily, pues Gaspare buscaba su aprobación y a ella le encantaba el cambio. El problema no era la nueva decoración, pero Gaspare no podía saberlo. Todo se aclararía cuando su reemplazo se mudara a la casa. «Y hablando de reemplazos…»

–Gaspare –le detuvo antes de marcharse–. ¿Apollonia es nueva?

–Sí, *signora*. Pero tiene muy buenas referencias.

–*Grazie*, Gaspare. Solo sentía curiosidad. Eso es todo.

Se estaba sirviendo el café cuando oyó una campanilla, y Gaspare regresó mucho más alegre.

–La *signora* Albero desea verla, mi señora.

–Ah, sí. Por supuesto. Y por favor, trae otra copa, Gaspare.

Fiona Albero era una hermosa morena de ojos azules que brillaban con picardía.

–Me alegro de volver a verte –su voz aún tenía un rastro de ascendencia escocesa–. Por favor, no tienes por qué acordarte de mí –dijo tomándola de la mano con una sonrisa–. Marcello y yo llegamos a la conclusión de que estabas en las nubes la noche en que nos conocimos. Parecías completamente aturdida. A cualquier mujer le pasaría lo mismo si se despertara una mañana y descubriera que está casada con Rafaele. No me malinterpretes. Él es el mejor amigo de Marcello y es una persona maravillosa, amable y generosa. Pero me parece que también puede ser muy… un tanto imponente.

–A mí también me lo parece. Toma asiento por favor.

–Raf me pidió que viniera. Yo le dije que era muy pronto, pero él piensa que podrías sentirte un poco fuera de lugar. Y lo entiendo perfectamente porque yo pasé por lo mismo.

–Ha sido un shock importante para mí.

–Pero es estupendo que ya estés aquí –Fiona miró alrededor–. Y Raf ha hecho maravillas con la casa. Parecía tan triste y vacía. No me extraña que prefiriera su apartamento en la ciudad.

«¿Tiene uno?», pensó Emily. «No lo sabía».

–Me encantó la cabaña de Tullabrae.

–¿De verdad? Allí nació mi padre y solemos ir a menudo, pero no en invierno, por supuesto. Intenté disuadir a Raf, pero él quería llevarte de luna de miel otra vez. Las Bahamas habrían estado mejor pero no había quien le convenciera. Y aquí estás, así que esa cabaña debe de hacer magia durante todo el año –hizo una pausa–. ¿Cocinó mientras estabais allí?

Emily se le quedó mirando.

–¿Raf cocina? –preguntó alucinada.

–Es uno de esos hombres odiosos que echan unos cuantos ingredientes en una sartén y te salen con una exquisitez –Fiona dejó escapar una risita–. Pero estando de luna de miel, habrá encontrado mejores formas de pasar el tiempo –al ver que Emily se sonrojaba se avergonzó–. Oh, Dios, te he hecho sentir incómoda. Hablo más de la cuenta. Lo siento mucho.

–No. No pasa nada. Además, creo que me hará falta dejarme de remilgos durante las próximas semanas –Emily dudó durante un instante–. Debes de haberte preguntado...

–No –Fiona se apresuró a decir–. Bueno, sí. Claro que sí. Si te digo la verdad, cuando te vimos por primera vez, nos sorprendió lo joven que eras para hacer frente a un matrimonio, sobre todo con alguien como Raf.

–Pero no tuve que hacer frente –dijo Emily con tranquilidad–. ¿Nunca os ha dicho que...?

–No ha dicho nada. Y, francamente, nunca nos hemos atrevido a preguntar –Fiona sonrió con tristeza–. Raf es muy discreto con su vida privada y yo tampoco me quiero inmiscuir –parecía algo incómoda–. Cuando mencionó lo de la segunda luna de miel, pensamos que las cosas habrían cambiado –sacudió la cabeza–. Siempre ha estado tan... solo.

Emily apartó la vista.

–Por favor, puedes hablar con confianza. Soy totalmente consciente de su... estilo de vida, y Raf nunca ha fingido estar... solo.

Ambas se quedaron calladas.

–Creo que no hablamos de lo mismo. Pero como esto no es asunto mío, mejor me callo y te dejo tranquila –dicho esto, agarró el bolso–. Solo quería darte la bienvenida y estoy aquí para lo que necesites. También conozco a un profesor de italiano muy bueno, por si te decides. Además, a Raf le encantaría que aprendieras el idioma. Bueno, te doy unos días para que te centres y después no haremos más que agobiarte con invitaciones a cenar –bromeó Fiona.

Y dándole una reconfortante palmadita en el hombro, se marchó tan rápidamente como había llegado.

Emily pasó el resto del día explorando la casa y fijándose en todos los cambios, que sin duda habrían llevado mucho tiempo. Era evidente que habían empezado cuando Raf tenía intención de divorciarse de ella.

«Podría haber sido tan feliz aquí. Ojalá…». Se le hizo un nudo en la garganta, pero se tragó las lágrimas con decisión. Era inútil desear lo que no podía tener. No tenía sentido lamentar su comportamiento tres años atrás, cuando Raf había ido a su habitación la noche de bodas. Si tan solo hubiera podido contener su nerviosismo, esbozar una sonrisa, o decir algo… cualquier cosa con tal de que se quedara a su lado. Pero había sido más fácil negar lo que sentía y fingir que su amor por él no existía. Así, le había tratado «como a un monstruo». Aquellas duras palabras demostraban que él tampoco lo había olvidado.

«Todo lo que quiero es rogarle que me ame», pensó Emily, a punto de ahogarse en una ola de desesperación. «Pero ya es demasiado tarde».

Capítulo 11

RAF regresó una hora más tarde, y Emily se estaba cepillando el pelo cuando oyó un ligero alboroto, propio de la llegada del señor. Le oyó preguntar algo y se preparó para recibirle, sabiendo que vendría a buscarla. Un instante más tarde, él se detuvo en el umbral y se apoyó contra el marco de la puerta para observarla en silencio.

–Ah, hola. ¿Has tenido un buen día? –Emily se esforzó por parecer indiferente. «¿Has visto a Valentina? Habéis estado juntos en tu apartamento?»

–Ha estado bien. ¿Por qué preguntas?

–¿No es eso lo que las esposas han de preguntar cuando sus maridos vuelven de la oficina?

–¿Y yo qué sé? Nunca he tenido una esposa.

Raf entró en la habitación y se quitó la chaqueta. Le quitó el cepillo de las manos y puso las suyas sobre los hombros de Emily. Sus ojos castaños se encontraron con los de la joven en el espejo.

–Pero ya que preguntas, me fue difícil concentrarme porque no podía dejar de pensar en ti –se inclinó y le acarició la mejilla con los labios–. ¿Me has perdonado, amor mío?

–¿Por qué? –preguntó Emily al empezar a fallarle el aliento.

–Por volver a obligarte a hacer el amor conmigo cuando no lo deseabas.

–Creo que los dos sabemos que eso no es cierto – Emily se dio la vuelta en busca de los labios de Raf.

El beso fue largo y apasionado, pero cuando por fin terminó, él se pasó la mano por la barbilla, algo preocupado.

–No quiero dañar tu hermosa piel. Ven y habla conmigo mientras me afeito. Emily lo siguió hacia el baño y recogió las prendas que Raf dejaba caer tras él.

–No eras tan desordenado en la cabaña.

–Pero allí no tenía personal que me atendiera. Aquí es distinto.

–Tampoco me dijiste que sabías cocinar.

–Ah, Fiona ha estado hablando contigo, revelando mis secretos.

«Ninguno que fuera realmente importante», pensó Emily mientras se sentaba al borde de la bañera.

–Hablando de personal, ¿es necesario que tenga una doncella?

–Eso me temo –Raf agarró la cuchilla de afeitar–. Vas a tener una vida muy ajetreada y tendrás que cambiarte de ropa varias veces al día. Necesitas a alguien que te ordene el armario. Creo que la chica tiene muy buenas referencias. También te he puesto un chófer –Raf prosiguió mientras se quitaba la espuma con movimientos expertos–. Su nombre es Stefano y lo conocerás mañana.

–¿Es eso imprescindible?

–Por supuesto. Es una medida de seguridad.

–¿No sería más barato y sencillo mandarme a casa?

–No. Imagina lo que me costaría viajar a Inglaterra cada vez que quisiera hacer el amor. Y por el momento, esta es tu casa, Emilia. No lo olvides.

«Por el momento…», pensó la joven.

–Así que te gustó Fiona.

–Sí. Es encantadora. Fue muy amable por tu parte hacer que nos conociéramos.

–Pensé que conocer a una compatriota te haría más fácil el exilio –limpió la cuchilla y se secó la cara. Caminó hacia ella y la levantó en el aire–. Entonces dame las gracias.

Rafaele se inclinó y frotó sus suaves mejillas contra las de Emily, que se acercó aún más, en espera de un beso. Entonces él susurró su nombre y la apretó contra su cuerpo mientras sus manos recorrían sus caderas. Comenzó a besarla en el pecho y la joven sintió el calor de sus labios a través de la fina lana del suéter, pero cuando estaba punto de rendirse ante el primer tremor del deseo, oyó un extraño ruido. Raf también lo oyó y se quedó quieto al tiempo que volvía la mirada hacia la puerta del cuarto de baño.

Allí estaba Apollonia, sosteniendo unas toallas y mirándolos fijamente. Raf masculló algo y, tirando las toallas al suelo, tomó a la doncella por el codo y la condujo fuera de la habitación. Emily le oyó hablar en furioso italiano hasta que oyó un portazo y él volvió al cuarto de baño.

–Se irá tan pronto como encontremos una sustituta. ¿Cómo dijiste que se llamaba?

–Apollonia –sorprendentemente Emily sintió pena por la joven–. Raf, ¿no es un poco precipitado? Solo cometió un error. Podría haber sido peor.

–Por supuesto que sí. Podría haber entrado sin haber llamado a la puerta cinco minutos después. Y no me apetece encontrármela mientras estamos haciendo el amor, Emilia.

–Eso ya lo has dejado claro, pero ella solía trabajar para mujeres mayores que vivían solas. A lo mejor no está acostumbrada a ver… hombres en un dormitorio.

–Sobre todo el suyo, sin duda.

–Eso es un poco cruel –Emily le reprendió seriamente.

Raf le rodeó la cintura con los brazos.

–Quizá esté de mejor humor después de la cena.

Estaban tomando unos aperitivos en el salón cuando entró Gaspare.

–La cena no está lista porque la joven Apollonia no hace más que llorar sobre el hombro de Rosanna –dijo un tanto apenado–. Está histérica –el mayordomo extendió los brazos–. Dice que su excelencia tiene intención de despedirla.

–Sus miedos están justificados. No obstante, la *contessa* me ha pedido que recapacite, así que hazla venir.

Los ojos rojos y la nariz hinchada no habían contribuido a mejorar su aspecto. Cuando vio a Raf, Apollonia se lanzó hacia delante y estalló en una avalancha de disculpas, pero él levantó una mano para hacerla callar.

–En inglés, para que la condesa entienda lo que estamos hablando. Te vamos a dar otra oportunidad Apollonia, pero no habrá una tercera. Debes agradecérselo a mi esposa –dijo con brusquedad–. Ella intercedió por ti. Pero recuerda esto. De ahora en adelante, cuando la condesa y yo estemos solos en nuestro dormitorio, no debes molestar. *Capisci?*

–Lo entiendo –murmuró la muchacha–. *Grazie, vossignoria*. No la defraudaré.

–Parece un espantapájaros –comentó Raf cuando se había ido–. ¿Seguro que quieres que se quede?

–Todo el mundo se merece otra oportunidad.

–¿Tú crees? –de pronto su expresión se volvió distante mientras se servía otro whisky–. Espero que tengas razón, pero lo dudo mucho –esbozando una cínica sonrisa, Raf propuso un brindis–. Por la vida real –y bebió de su copa sin ni siquiera mirarla.

Emily se quedó de piedra. Una ola de frío parecía

haber pasado por la habitación y la había dejado helada, pasmada. Pero no sabía por qué.

A medida que pasaban las semanas Emily pudo comprobar que Raf no había exagerado respecto al ajetreo de su nueva vida. Todo el mundo quería conocer a la *contessa* di Salis y tuvo una avalancha de invitaciones. Si así lo hubiera querido, habría asistido a un baile, a una recepción y a una fiesta, pero dejó en manos de Raf decidir cuáles debían ser aceptadas y cuáles no. Cuando aparecía en público acompañada de su esposo, se convertía en el centro de todas las miradas, pero como él nunca la dejaba sola ni un instante, nadie se atrevía a dar rienda suelta a la curiosidad. Por suerte, no tuvo que encontrarse con Valentina Colona, pues estaba en los Estados Unidos, promocionando sus cosméticos. Al final tendría que ocurrir, pero mientras tanto intentaría disfrutar al máximo. Tener la ropa adecuada era de gran ayuda, y Raf tenía un gusto exquisito. La vida en casa transcurría apaciblemente y Emily estaba aprendiendo a hacerse cargo de la casa en el día a día con la inestimable ayuda del personal. No obstante, había una excepción. Aún no había conseguido ganarse a la taciturna Apollonia. A pesar de su intachable discreción desde aquella noche, tenía la sensación de que no estaban completamente solos. A veces oía pasos inesperados, o el ruido de una puerta al cerrarse suavemente. Quizá solo estuviera algo paranoica. Una casa tan antigua sin duda albergaría toda clase de ruidos extraños.

Lo que más le gustaba a Emily eran las cenas informales en casa de amigos, o en la suya propia. El vino, las risas y el debate acalorado llenaban toda la velada. Todos parecían haberla aceptado completamente y era como si la conocieran de toda la vida. Algunas veces no podía evitar preguntarse qué dirían cuando se anunciara el divorcio y ella desapareciera rumbo a Inglaterra.

Las noches en compañía de Marcello y su esposa eran especialmente agradables.

–No puedes estar en casa todo el día, esperando a que llegue Raf –bromeó Fiona en una ocasión–. Estoy en una organización internacional que ayuda a niños desfavorecidos. ¿Te apetecería unirte a nosotros?

Emily rechazó la oferta, alegando que no estaba preparada para esa responsabilidad.

–Has desilusionado a Fiona con lo de la organización. Me pidió que hablara contigo a ver si cambias de opinión –le dijo Raf más adelante.

–No lo creo. No quiero empezar algo que no podré terminar.

Ambos se quedaron callados durante un momento.

–Como quieras, *mia cara*.

Pero esos momentos embarazosos no eran frecuentes, y Emily adoraba los días que pasaban en casa; las tardes en las que solía acurrucarse a su lado y escuchaban música juntos. Los fines de semana se levantaban tarde y tomaban el desayuno en la cama entre risas. En instantes como esos, Emily se sentía su esposa y sabía que debía dar voz a todas las preguntas que la atormentaban, pero no quería descubrir que solo eran una ilusión. Con el tiempo, empezó a notar una extraña mirada en los ojos de Raf que rozaba la tristeza y supo que muy pronto la vida real se interpondría entre ellos.

«Cuando deje de hacerme el amor», pensó Emily una noche. «Entonces lo sabré...».

Una tarde, Gaspare le anunció que Raf no iría a dormir esa noche.

–Tiene que cerrar un trato hoy mismo, *signora*, pero las negociaciones no van bien. Además, hay una reunión a primera hora, así que es mejor que se quede en la ciudad.

Emily se puso en pie de un salto.

–¿Está al teléfono? Déjeme hablar con él.

–Fue su secretaria quien me dio el mensaje, *signora*.

–Ah, sí. Por supuesto –volvió a sentarse, al darse cuenta de su torpeza.

«Estas cosas pasan», se dijo mientras intentaba volver a concentrarse en la novela que estaba leyendo, sin éxito. No podía apartar sus pensamientos de aquel apartamento en la ciudad, aun cuando sabía que se estaba gestando un acuerdo importante. Él mismo Raf se lo había dicho unos días antes, y debía de estar preocupándose por nada. Ojala hubiera llamado él mismo. Le habría dicho que volviera a casa aunque fuera tarde, que lo echaba de menos. Pero eso estaba a un paso de las palabras prohibidas: «te quiero».

Emily comió sola y no encontró consuelo en las atenciones de Gaspare, ni en los deliciosos platos de Rosanna. Pasó la noche en vilo en aquella fría cama vacía y al día siguiente los ojos le pesaban de sueño.

El reencuentro con Raf no fue como había esperado. Con un frío beso le dijo que el trato se había cerrado por fin, pero era evidente que tenía la cabeza en otra parte. Al terminar de cenar, se puso en pie.

–Tengo trabajo que hacer. ¿Me disculpas, Emilia?

–Por supuesto –le dijo lanzándole una mirada disimulada–. Creo que voy a acostarme pronto.

–Muy bien –le dio un beso en la mano y otro en la mejilla con tanta frialdad, que ella se acordó de aquellos primeros días de casados.

–Pareces cansada. Trataré de no molestarte después.

Eso era justo lo contrario de lo que ella esperaba y un profundo temor se apoderó de su ser al verle alejarse. Un buen rato más tarde, le oyó subir y una luz asomó por debajo de la puerta de la habitación contigua. Emily dejó escapar un suspiro al caer en la cuenta de que lo inevitable estaba ocurriendo, y pasó la noche mirando al vacío, demasiado asustada como para llorar.

Emily se aplicó el rímel antes de mirarse al espejo. Los cosméticos no podrían esconder las ojeras, ni realzar sus demacradas mejillas. Durante el último mes, había notado miradas cómplices que la seguían a todas partes, susurros que se apagaban a su paso.

Se levantó de la silla y caminó hasta la cama que había ocupado ella sola durante dos largas semanas. Allí la esperaba su vestido de seda azul, una sofisticada prenda con la que asistiría a una fiesta en casa de uno de los banqueros más importantes de Roma. Tal vez sería la última a la que iría como esposa de Raf, pero quería estar espléndida.

En ese momento, Apollonia apareció en la habitación para ayudarla a cambiarse. Se había acostumbrado a la presencia de la doncella pero aún la incomodaba desvestirse delante de ella. Además, se sentía especialmente humillada al pensar que la muchacha debía de saber cuándo Raf había dejado de ir a su cama.

La disolución del matrimonio no sería una sorpresa para nadie. Sus amigos sentirían lo ocurrido y ella también los echaría de menos. Durante un corto tiempo había podido disfrutar de la vida con la que siempre había soñado y no le sería fácil volver a la soledad de la casa de Inglaterra.

Apollonia la ayudó a ponerse el vestido, pero abrocharle la cremallera se convirtió en una auténtica lucha, y Emily la oyó mascullar algo. No podía haber engordado porque había perdido el apetito durante las últimas semanas, y había empezado a cancelar compromisos incluso con Fiona porque no quería ver a nadie.

Sin embargo, Raf había insistido en que asistieran a esa fiesta juntos.

–Si estás enferma, Emilia, deberías ver al médico. ¿Lo llamo?

«Pero no estoy enferma», había querido gritar. «Si solo me tomaras entre tus brazos…»

–No es necesario –le dijo al final–. Iré a la fiesta si eso es lo que quieres.

Cuando Emily bajó, la estaba esperando en el inmenso vestíbulo con unos ojos que miraban al vacío. Mientras bajaba por la escalinata, Emily no pudo evitar notar lo cansado y desdichado que parecía. Por un momento, pensó que quizá le estaba costando separarse de ella, pero eso era una locura. Tuvo que contener el impulso de arrojarse a sus brazos y besarle hasta borrar la tristeza de su rostro.

En ese momento, Raf levantó la vista y la vio descender hacia él por las escaleras. Su esbelta figura se veía realzada por aquel vaporoso vestido, y sus hombros brillaban como el marfil. Emily vio una fugaz chispa de deseo en los ojos de Raf, pero sus palabras no pudieron ser más frías y formales.

–Estás muy hermosa esta noche. Ese vestido es maravilloso. ¿Nos vamos?

Una de las habitaciones de la casa donde se celebraría el evento había sido habilitada a modo de ropero. Las señoras podía dejar allí sus abrigos y retocarse el maquillaje. Al apartarse del espejo, Emily vio cómo la multitud a su alrededor se abría para dejar paso a una mujer alta y elegante. El pelo negro le ondeaba al- rededor de los hombros, y un vestido de satén negro revelaba su voluptuosa silueta.

–*Contessa*, por fin tengo el placer de conocerla. Soy Valentina Colona –le tendió la mano y Emily se la estrechó desconfiada. Sus negros ojos almendrados la miraron de arriba abajo, sin perder la sonrisa–. Lleva un vestido espléndido. Pero de ahora en adelante de- bería acudir a mí. Conozco muy bien los gustos de Rafaele.

–Gracias. Pero creo que usted ha pasado algún tiempo fuera, y los gustos de él podrían haber cambia- do.

Valentina Colona caminó hasta la puerta y salió de la habitación, seguida de una ola de exclamaciones.

–Emilia –Bianca Vantani, la esposa de un amigo de Raf, corrió hasta Emily con la cara blanca de rabia–. ¿Cómo tiene el descaro de venir aquí sin estar invita- da? Deja que Giorgio busque a Rafaele. Le diré que te lleve a casa.

–De ninguna manera. Vine a una fiesta y tengo in- tención de disfrutar. Vamos a tomar champán.

Bianca se quedó mirándola con los ojos como pla- tos.

–¿Pero crees que es buena idea?

–Es mejor que irme a casa. Créeme –«porque no tengo casa», pensó Emily.

Había mucha gente, así que a Raf le llevó tres cuartos de hora encontrarla. Emily estaba en una habi- tación, hablando con un joven de la embajada británi- ca. Al ver la expresión del conde, el muchacho se hizo a un lado discretamente y Raf le quitó la copa a la jo- ven.

–¿Cuántos te has tomado? –preguntó bruscamente.

Emily lo miró desafiante.

–No los suficientes, *signore*.

Los labios de Raf se tensaron con una mueca.

–Ve a buscar tu chal. Nos vamos.

–Pero acabamos de llegar. Y hay tanta gente interesante a la que conocer.

–Tendrán que esperar –su tono era severo–. Emilia, no quisiera tener que llevarte hasta la puerta, pero lo haré si es necesario.

–¿Quieres hacer una escena en público? –sacudió la cabeza–. No me lo puedo creer.

–Ninguna escena. Diría que te sientes mal por el calor, y me creerían –la tomó del brazo–. Ahora ven conmigo.

No dijeron ni una palabra en el viaje de vuelta a casa. El rostro de Raf parecía de piedra mientras miraba por la ventanilla.

–No sé por qué estás tan afligido. Yo soy la que tendría que sentirse ofendida. A nos ser que hayas oído lo que le dije a tu amada Valentina y estés enfadado por eso. ¿Pero qué se supone que tenía que hacer? ¿Quedarme callada? Me parece que no, *signore*.

Al entrar en la casa, Emily subió al dormitorio directamente sin darle las buenas noches. Sin embargo, al llegar a la habitación su estado de ánimo había cambiado. El dolor y la rabia habían dado lugar a un humor desafiante. Empezó a andar de un lado a otro, incapaz de encontrar tranquilidad en la quietud del dormitorio. «No puedo creer que su deseo por mí se haya apagado para siempre. Me niego a creerlo», pensó desesperada. «He sido tan tonta que me he dejado llevar por el orgullo, en lugar de tomar la iniciativa. Dios, me conformaría con tan poco. Ojala pudiera hacerle desearme de nuevo».

Emily espero hasta oírle entrar en la habitación de al lado. Entonces, respiró profundamente y llamó a la puerta, por debajo de la cual asomaba un haz de luz. Raf la abrió inmediatamente.

–Es muy tarde. Pensé que estabas dormida. Tienes que descansar.

Emily le lanzó una sonrisa.

–No creo que pueda dormir con este vestido –Emily se dio la vuelta–. ¿Te importaría bajarme la cremallera?

Raf se quedó sin palabras durante un momento.

–¿Dónde está Apollonia? –preguntó con un tono áspero–. Para esto le pagamos.

–Le prohibiste entrar de noche. ¿Recuerdas? Rafaele, échame una mano por favor –trató de sonreír–. Antes, no ponías objeciones.

Los fríos dedos le temblaron al desabrochar la diminuta presilla y deslizar la cremallera, pero al final cedió hasta la cintura, y Emily se quitó el vestido. Soltó la pinza que le sujetaba el recogido, y el hermoso cabello se precipitó sobre sus hombros al tiempo que se daba la vuelta hacia Raf. Los ojos de él centellearon de deseo durante un instante.

–Rafaele –Emily susurró su nombre con la esperanza de despertar su pasión, pero Raf retrocedió.

–Buenas noches, Emilia. Que descanses.

Le cerró la puerta en la cara y Emily no pudo siquiera preguntar por qué. Su cuerpo ya no tenía nada más que ofrecerle. Todo había terminado entre ellos. ¿Qué era lo que le había prometido en una ocasión?

«Juro que llegará el día en que me desees tanto como yo te deseo ahora. Y entonces... que Dios te ayude».

Ese momento había llegado, y nada podría calmar su dolor. Dando tumbos, logró meterse en la cama donde él le había enseñado el placer más exquisito, y se quedó inmóvil, ahogándose en un mar de lágrimas.

Capítulo 12

DEBIÓ de quedarse dormida en algún momento, pero se despertó al amanecer, temblorosa y mareada. Salió corriendo hacia el cuarto de baño, incapaz de contener las náuseas. «No volveré a tomar champán», pensó mientras trataba de mantener el equilibrio apoyándose en la pared. Sin embargo, no podía echarle la culpa de todo a la bebida, pues no estaba borracha cuando cometió la increíble estupidez de desnudarse delante de un hombre que no la deseaba. «Ahora tengo que vivir con esa vergüenza, si es posible», pensó desanimada., y el estómago se le revolvió de nuevo. Tal vez no era un efecto del champán. Quizá se había puesto así al ver confirmados sus peores temores. ¿Cómo había sido tan estúpida como para creer que podría hacerle amarla? Él nunca se había molestado en fingir que la suya fuera una relación permanente. Si hubiera aceptado su oferta de divorcio, no le habría roto el corazón, pero tampoco habría conocido la verdadera pasión. Su corazón le decía que, si hubiera podido elegir, no cambiaría nada. A pesar de lo mal que terminarían, nadie podría arrebatarle las últimas seis semanas, ni siquiera Valentina Colona. Volvió a la habitación y cambió la sensual lencería que había llevado la noche anterior por un camisón que el mismo Raf le había elegido.

De pronto, cayó en la cuenta de un detalle alarmante y se quedó petrificada ante el espejo al descubrir que hacía tiempo que no tenía el periodo. Lentamente, se llevó una mano al vientre. «¡No. No puede ser!», exclamó. «No puede ser verdad. Siempre hemos tenido mucho cuidado… excepto una vez». Aquel día en la cabaña, cuando se había arrojado a los brazos de Raf incondicionalmente, no se habían preocupado más que de la apasionada unión de sus cuerpos. Solo había sido aquella vez… Volvió a la otra habitación y se metió en la cama, repitiendo las mismas palabras una y otra vez. «No puede ser verdad»…

¿Cómo podría decírselo, cuando él le había dejado claro que no quería tener nada más que ver con ella? A Emily se le escapó un sollozo que trató de sofocar. No quería hacer ruido por si alguien la oía y sabía que era pronto para enfrentarse a Raf. Necesitaba tiempo para pensar qué hacer.

En ese momento, oyó un ruido y vio cómo se abría la puerta que comunicaba las dos habitaciones. «Oh, Dios, debe de haberme oído». Cerró los ojos y trató de respirar pausadamente, pero era incapaz de ignorar su presencia. Podía sentir su mirada sobre las mantas que la cubrían. Raf dijo su nombre suavemente, pero ella no respondió, y él dejó escapar un suspiro antes de volver a su habitación.

Emily no pudo pegar ojo hasta oírle irse al trabajo y finalmente la despertó la voz de Apollonia.

–El desayuno, *signora*.

El olor del café le volvió a dar nauseas.

–Llévatelo por favor. No tengo hambre. Solo prepárame el baño.

La muchacha se encogió de hombros con indiferencia, pero durante un segundo, sus ojos destellaron con malicia y curiosidad.

«No me gusta», pensó, «no debí haberla dejado quedarse».

Cuando bajó al salón, la esperaban un montón de mensajes. Fiona y Bianca habían llamado dos veces, pero Emily no se sentía con ganas de devolverles la llamada. Le dijo a Gaspare que tenía jaqueca y que pasaría el resto de la mañana descansando en el salón.

–¿Le traigo algo para el dolor, señora?

–No. Gracias, Gaspare. Creo que necesito dormir.

–Le diré al personal que no la molesten, señora.

«Debo de tener una pinta horrorosa», pensó Emily con ironía mientras se acomodaba en el sofá. Desde luego no tenía ganas de dormir y tenía que hacer frente a sus problemas. Sin embargo, las danzantes llamas del hogar tuvieron un efecto soporífero.

Asediada por pesadillas, Emily no encontró el deseado descanso. No hacía mas que toparse con el rostro de una hermosa mujer entre la vigilia y el sueño. Una voz grave le decía '¡*contessa*!'…

«Tengo que escapar», pensó al volver en sí de golpe, y no tardó en comprobar que no podría huir de aquella pesadilla. Espectacular con un vestido rojo, la mismísima Valentina Colona la observaba desde el sofá de enfrente.

–Por fin te despiertas. Por lo menos no roncas, lo cual debe de haber sido un alivio para Raf.

–¿Qué diablos está haciendo aquí?

–Pensé que ya era hora de hablar contigo. De mujer a mujer. Hay algunas cosas que decir y Rafaele odia las escenas. Así que he venido en su lugar.

–No lo creo –Emily se puso de pie–. No sé cómo entró aquí, pero tengo que pedirle que se vaya, ahora.

–Entré por la puerta. Algunos empleados ya saben quién mandará en esta casa dentro de poco. No es que tenga intención de vivir aquí. Rafaele se ha esforzado por mejorarla, pero es demasiado vieja, demasiado deprimente. Prefiero la ciudad y voy a salirme con la mía. Siéntate, *contessa*, y trata de relajarte. Eso es lo que las mujeres en tu estado deben hacer.

–¿Mi estado? ¿Qué quiere decir?

Valentina suspiró ruidosamente.

–Quiero decir que llevas el hijo de Rafaele en tu vientre. No trates de negarlo.

–¿Él se lo dijo?

–Era algo que no me podía ocultar. Por desgracia, yo no puedo tener hijos, pero tú has resuelto el problema –sonrió exultante–. Dale a Rafaele el heredero que necesita, mi querida Emilia. Así es cómo te llama, ¿no? Te aseguro que te lo agradecerá con creces. De hecho, deberías seguir viviendo aquí después del divorcio. Aunque eso tendrá que esperar, naturalmente. Y no será pronto. Mi marido ha mejorado. Sé que Rafaele querrá que tengas todas las comodidades. Al ser la madre de su hijo, siempre te trataremos con respeto.

–¿Y que pasa si es una hija? –dijo Emily alto y claro.

–Eso no es problema. Eres joven y saludable, y la compañía de Raf no te desagrada. Estoy segura de que podríamos llegar a un arreglo.

Emily respiró hondo.

–Me da asco.

Valentina se encogió de hombros una vez más.

–A Rafaele no. Y eso es todo lo que importa en el sexo.

–¿Todo lo que importa? –repitió Emily con desprecio–. ¿Y usted dice que lo ama?

–¡Qué convencional eres! No me extraña que se haya aburrido de ti tan rápidamente. No es la primera vez que lo comparto, y no será la última. Le gusta la variedad, y a mí también. Además, es muy atractivo y rico, así que nos compenetramos muy bien. Olvida tus sueños románticos, mi pequeña *contessa*. Él no entiende el amor como tú y nunca lo ha hecho. Solo le importa el placer –su sonrisa se convirtió en una mueca–. Sin embargo, espero que no te hayas enamorado de él. Solo conseguirías hacerle sentir incómodo. Y te perdono lo del otro día, porque sabía que te estabas engañándote a ti misma. Rafaele tiene gustos que tu inocencia burguesa nunca podría comprender, o satisfacer. Pero yo sí puedo –Valentina se puso en pie–. Lo que te he dicho es por tu propio bien. Espero que lleguemos a entendernos mejor y que podamos ser amigas.

–Preferiría ser amiga de una serpiente de cascabel.

Valentina dio un paso adelante.

–No seas estúpida –dijo mientras Emily retrocedía–. Escucha mi consejo. Si te adaptas, sobrevivirás, pero si luchas lo perderás todo, incluso el derecho a estar con tu hijo. A Rafaele no le gusta que le lleven la contraria y no tiene piedad –sonrió de nuevo–. Ahora me tengo que ir –se detuvo ante las puertas de cristal que conducían a la terraza–. *Arrivederci, contessa*. Nos veremos pronto. Espero que te sientas bien. Me han dicho que las primeras semanas de embarazo pueden ser insoportables.

Emily la vio alejarse por la terraza y no tardó en derrumbarse. Cayó sobre las rodillas y se quedó así durante un largo tiempo, mirando al vacío y escuchando los pálpitos de su corazón. Ya no le quedaba esperanza, ni tampoco lágrimas. Solo podía pensar, pensar… Hasta que al final supo qué hacer. Tocó la campanilla y Gaspare apareció rápidamente.

–¿Puedes decirle a Stefano que tenga listo el coche en diez minutos, por favor? Se me ha quitado el dolor de cabeza y voy a la ciudad a almorzar con la señora Albero.

–Emilia, querida –Leonard Henshaw se puso de pie al recibirla–. ¡Qué sorpresa! Hablé con Rafaele hace tres días pero no me dijo que ibas a venir.

«Porque no lo sabía», pensó Emily. No podía saber que ella saldría de la casa precipitadamente, con una muda de ropa y el pasaporte. Ni siquiera había dejado una nota. Pero no hacía falta. Valentina Colona se lo explicaría todo.

Había dejado a Stefano esperando delante del restaurante, antes de escabullirse por la puerta de atrás. No tenía mucho dinero en efectivo, pero había bastado para tomar un taxi hasta el aeropuerto. También llevaba la tarjeta de crédito que Raf le había dejado y con ella había comprado un billete para Inglaterra.

—Es más que una visita. He venido a vivir aquí, en la casa de mi padre. Como bien sabe usted, mi cumpleaños será pronto y el fideicomiso terminará. Necesito saber con cuánto dinero cuento para el futuro.

—¿Futuro? —el señor Henshaw se quedó boquiabierto—. Pero querida, tu marido, Rafaele… ¿No ha hablado contigo?

—El conde y yo hemos terminado, definitivamente. Y por favor, no hay por qué ponerse triste. Por lo menos tengo mi propio dinero y una casa. Todo saldrá bien.

—Mi niña —el señor Henshaw parecía nervioso—. Esto es terrible. Rafaele debería habértelo dicho.

—Me trae sin cuidado lo que pueda explicarme. Si hay algo que he de saber, prefiero que me lo diga usted.

Leonard Henshaw caminó hasta la ventana.

—Tu padre se quedó sin dinero. Durante los dos años anteriores a su muerte, hizo inversiones arriesgadas, en busca de beneficios rápidos, pero no salió bien y lo perdió casi todo. Tu esposo solo pudo salvar una pequeña cantidad.

—Pero el fideicomiso…

—Fue creado con el dinero de tu marido cuando os casasteis.

–No quiero nada de él. Si no hay otra posibilidad, venderé la casa.

El señor Henshaw hizo un gesto de impotencia.

–Querida, tu padre hipotecó la propiedad por mucho más de lo que valía para financiar sus negocios. Tu esposo pagó los préstamos y como consecuencia, la casa pasó a ser suya.

–Así que no tengo nada. ¿Por qué no me dijeron nada?

–Tu padre era un hombre orgulloso. No quería que estuvieras al tanto. Y, como esposa de Rafaele, lo que era suyo pasaría a ser tuyo también.

–Rafaele –dijo furiosa–. Oh, Dios, ¿por qué no saldó la deuda con mi padre y nos dejó en paz? ¿Acaso no podía hacer hecho eso? ¿Tenía que arrebatármelo todo?

El señor Henshaw le lanzó una mirada severa.

–Tu esposo ha sido muy generoso. Y nunca le debió dinero a tu padre. Era otra clase de deuda.

–No entiendo.

–Unos años antes, cuando Rafaele di Salis estaba empezando, le ofrecieron el negocio de su vida. Se habría hecho millonario antes de los veinticinco, pero solo un hombre le advirtió de que las cosas no eran lo que parecían. Sus futuros socios querían aprovecharse de su inexperiencia y estaban implicados en una estafa que podría destruirle. Incluso podría haber ido a la cárcel –el señor Henshaw hizo una pausa–. Ese hombre era tu padre. Y el conde nunca olvidó los buenos consejos que le salvaron del desastre. Así, cuando el señor Travers se vio en problemas, acudió en su ayuda inmediatamente. De hecho, fue el único que lo hizo –añadió con amargura.

Hubo un breve silencio.

–Ya veo. Ojala no me hubiera visto envuelta en su ofrecimiento de ayuda.

–Siento que pienses eso, querida. La conducta de tu esposo siempre me ha parecido intachable.

–Pero usted, señor Henshaw, no es una mujer.

En el camino de vuelta a la casa, la cabeza no hizo más que darle vueltas. Rafaele no le había dicho nada, sino que la había dejado creer que sería libre una vez cumpliera veintiún años.

Y allí estaba Emily, desposeída y embarazada. Pero no podía pensar en ello. Era el momento de vivir una vida independiente, sin tener que rendir cuentas a nadie. Después de todo, era joven y saludable, tal y como le había dicho Valentina. Solo tenía que mirar al futuro y no al pasado.

La casa estaba en silencio. Dejó su bolso sobre la mesa del recibidor y llamó a la señora Penistone.

–Penny, querida. He vuelto.

No obtuvo respuesta y al entrar en el salón se detuvo en seco: Raf estaba de pie junto a la ventana, y la observaba en silencio desde el otro extremo de la habitación.

–Si has venido a decirme que esta es tu casa, llegas tarde. Ya lo sé. Y me iré tan pronto como sea posible – le espetó Emily.

–No estoy aquí por eso.

–Pensé que, si hablábamos, sería por medio de nuestros abogados.

–¿Si hablábamos? –repitió sorprendido–. Te vas sin decir nada a nadie, ni siquiera a mí. Stefano me llamó pensando que te habían secuestrado. Los empleados, que te aprecian, creían que te habías ido por su culpa. No tuviste ninguna cita con Fiona, y ella tampoco sabía nada –alzó la voz furioso–. ¿Y pensabas que te dejaría marchar así como así?

–No tienes elección. Te he abandonado, *signore*, y no voy a volver. Pero no tienes de qué preocuparte.

No quiero nada de ti. Buscaré un trabajo y un lugar donde vivir.

Raf dio un paso adelante y Emily pudo ver la expresión de su rostro. Ojeroso y sin afeitar, la miraba con ojos heridos.

–Haces que parezca muy fácil. Pretendes privarme de un solo golpe de mi esposa y mi futuro hijo, pero encontrar trabajo sin estar cualificado es algo difícil.

–Me las arreglaré. Si todo sale mal, puedo hacer uso de tus lecciones y convertirme en prostituta de lujo. Incluso podría pedirte referencias.

Raf se quedó sin aliento y se puso rojo de rabia al tiempo que avanzaba hacia ella. Emily retrocedió y levantó las manos defensivamente, pero Raf se controló y se dio la vuelta para mirar por la ventana.

–Mi madre murió cuando yo nací, Emilia, pero mi padre nunca lo aceptó, y fue por ello por lo que nunca me aceptó a mí.

–Raf… –interrumpió Emily, pero él sacudió la cabeza.

–Déjame terminar. Necesito decirte esto. Para mi padre, el mundo se detuvo el día que la perdió, y algunos años después, una neumonía mal cuidada le mató. Ni siquiera trató de luchar por su vida. Entonces juré que jamás dejaría que una mujer tuviera tanto poder sobre mí. Nunca me comprometería para siempre. Y mantuve mi promesa –sus labios dibujaron una mueca sarcástica–. Hasta que un día irrumpiste en el estudio de tu padre y me cambiaste la vida. Por primera vez en mi vida entendí lo que mi padre sentía, lo que le había perdido.

Emily empezó a temblar. Tenía que hacerle callar.

–Una vez me dijiste que me odiabas –prosiguió Raf–. Entonces deseé con todas mis fuerzas que no fuera verdad. Me dije a mí mismo que era imposible

amarte sin ser correspondido, que al final todo lo que
sentía por ti te haría quererme, y que tenía que ser paciente. Pensaba que llegaría el momento en que sonrei-
rías y me dirías que me amabas, pero nunca lo hiciste.
Jamás. Ni siquiera cuando supiste que estábamos esperando un hijo. Eso fue lo que más me dolió.

En ese momento, se rompió el hechizo que la había mantenido en vilo.

–¿Y tú me hablas de dolor? –le espetó Emily–. Te
atreves a hablar de amor cuando tu amante me hizo
una visita en tu nombre. Ella se encargó de dejarme
muy claro el futuro que nos esperaba a mí y al bebé.
¿Acaso te sorprende que haya decidido quedarme sola
y que no quiera tener nada más que ver contigo?

–Si te refieres a Valentina Colona, me enteré de
que había estado en la casa. Parece ser que tu doncella, Apollonia, la dejó entrar en secreto cuando estabas
sola. Te dije que la chica me sonaba, y tenía razón.
Había trabajado para Valentina durante un tiempo, y
ella todavía le pagaba para que la tuviese informada
sobre nosotros.

Emily se quedó boquiabierta.

–¿Apollonia estaba... espiándonos? Hubo ocasiones en las que sospeché algo.

–Lo confesó todo el día que te fuiste. Rosanna la
pilló tratando de escapar por una puerta trasera en
medio del revuelo. Le pareció extraño, así que la retuvo hasta mi llegada. Apollonia se había llevado algunas de tus prendas y joyas, así que lo soltó todo
cuando amenazamos con denunciarla. Y Valentina
Colona no es mi amante –añadió–. Tuvimos algo
hace tiempo y no tengo ninguna excusa excepto que
me sentía muy solo e infeliz. Ella dejó bien claro que
me deseaba, pero aquello terminó tan rápidamente
como había empezado.

–No te creo.

–No –dijo con resentimiento–. Prefieres creer a una bruja vengativa.

–No me negarás que los periódicos publicaron historias sobre tu intención de casarte –dijo Emily desafiante.

–Las historias fueron cosa de ella. Yo no tenía ninguna intención al respecto.

–¿Y por qué haría eso?

Raf se encogió de hombros.

–Porque se cree irresistible, pero yo no estaba de acuerdo y eso era algo que no me perdonó. Quería ajustar cuentas públicamente –Raf hizo una mueca–. Un día, me dijo que me arrepentiría de todo. No pensé que sus represalias irían más allá de unos cuantos rumores en los periódicos, pero estaba equivocado. Además, me negué a financiarle su nuevo proyecto de negocios. Cuando estábamos en Escocia, sus contables no hicieron más que bombardearme con peticiones que rechacé. Así que tenía que vengarse y trató de destruir mi matrimonio. Tenía que conseguir humillarme utilizando a la madre de mi futuro hijo.

Emily tragó con dificultad.

–Pero eso es imposible. Yo no le sabido hasta hoy. Tuve unas náuseas horribles al levantarme y empecé a sacar cuentas.

Raf se sonrió.

–*Davvero?* Yo saqué la cuenta hace semanas, y la madre de Marcello me puso sobre aviso. Me dijo que podía verlo en tu rostro y que nunca se equivocaba. Después de aquello, todo el mundo empezó a darme la enhorabuena por mi futura paternidad. Todo el mundo… excepto tú. Cada día esperaba que me lo dijeras, pero nunca lo hiciste. Entonces empecé a pensar que estabas enfadada, que no querías tener el bebé porque te ataría a mí de por vida, y me puse furioso.

–¿Es por eso por lo que dejaste de dormir conmigo?

–Tengo un amigo ginecólogo. Fui a verle porque empecé a pensar en mi madre y quería hacerle unas preguntas.

A Emily se le encogió el corazón.

–¿Encontraste alguna respuesta?

–Dijo que era una afección muy poco frecuente, y que hoy día no resultaba mortal, pero también me dijo que hacer el amor en los primeros meses de embarazo podía dañar al bebé. Aquella noche vi lo cansada que estabas y supe que él tenía razón. Pensé que sería mejor alejarme de la tentación durmiendo en otra habitación.

–Yo… yo creí que ya no me deseabas.

–Siempre, siempre te he deseado –Raf la miró a los ojos, desesperado–. Desde el primer momento en que te vi, y para siempre –dio un paso hacia ella, y vaciló–. Emilia, escúchame. Dijiste que no querías tener nada más que ver conmigo, y quizá las cosas estén tan mal, que ya no haya marcha atrás, pero aunque no puedas amarme como yo deseo, quiero cuidar de ti y de nuestro hijo. Si vuelves a mi lado, no pediré nada más. Viviremos como tú quieras.

Emily arqueó las cejas.

–¿Yo en la casa, y tú en el apartamento de Roma? ¿Es eso lo que quieres decir?

Raf inclinó la cabeza.

–Si eso es lo que quieres.

–Te diré lo que quiero –dijo Emily con una fuerza inusitada–. Quiero que me tomes entre tus brazos y no me dejes jamás, porque no hay nada en este mundo que quiera más que a ti. Ojala no te hubiera dejado ir la noche de bodas. Ojala te hubiera demostrado lo mucho que te deseaba. Quiero que duermas conmigo cada noche durante el resto de nuestras vidas, que vivas conmigo, que me hagas reír. Quiero que me creas cuando te digo… *ti amo*. Te quiero. Te quiero y siempre te he querido.

Raf fue hacia ella y la levantó en brazos. Suavemente la dejó caer sobre el sofá y se arrodilló a su lado. Entonces apoyó el rostro contra el vientre de Emily mientras ella le acariciaba el cabello y susurraba todas las cosas que nunca se había atrevido a decirle. Por fin consiguió la libertad que había ansiado durante tanto tiempo.

–¿Crees en los milagros? –susurró Raf con lágrimas en los ojos.

–Creo en nosotros…

Bianca

Necesitaba una esposa
para el fin de semana

Hannah Stewart se quedó muy sorprendida cuando Luca Moretti le pidió inesperadamente que le acompañara a un importante viaje de negocios. Hasta que la presentó como su prometida, dejando así claro el motivo. Nada se interpondría en su camino al éxito. Aumentar las competencias laborales de Hannah de forma temporal le pareció la solución perfecta, hasta que los encantos ocultos de su secretaria pusieron a prueba su control... Aunque Hannah, una reservada madre soltera, era la última persona con la que debería jugar Luca, la tempestad de pasión que surgió entre ellos era demasiado poderosa para poder resistirse a ella.

FALSA PROMETIDA
KATE HEWITT

Acepte 2 de nuestras mejores novelas de amor GRATIS

¡Y reciba un regalo sorpresa!

Esposa olvidada

Brenda Jackson

Tras una separación forzosa de cinco años, Brisbane West-moreland estaba dispuesto a recuperar a su esposa, Crystal Newsome. Lo que no se esperaba era encontrarse con que una organización mafiosa estaba intentando secuestrarla. Crystal, una brillante y hermosa científica, no podía perdonarle a Bane que se casara con ella para después desaparecer de su vida, pero estaba en peligro y necesitaba su protección.

*¿Podría mantenerla a salvo y convencerla
para que le diera una segunda oportunidad?*

Bianca

**El único hombre al que odiaba…era el único
hombre al que no podía resistirse**

Sandro Roselli, rey de los
circuitos de carreras de co-
ches, era capaz de lograr
que los latidos del corazón
de Charlotte Warrington se
aceleraran cada vez que lo
veía, pero ocultaba algo
sobre la muerte de su her-
mano. Sandro le había
ofrecido un trabajo y Charlotte lo aceptó, decidida a
descubrir su secreto.

Sin embargo, la vida a toda
máquina con Sandro podía
resultar peligrosa. El irresistible italiano estaba haciendo que sus sentidos
enloquecieran, pero ¿podría
sobrevivir su aventura a la
oscura verdad que oculta-
ba?

LAS CARICIAS
DE SU ENEMIGO
RACHAEL THOMAS